『風の騎士』

「何者だ」
《風の騎士》が声を張った。(270ページ参照)

ハヤカワ文庫JA
〈JA826〉

グイン・サーガ⑩⑤

風の騎士

栗本　薫

早川書房

5761

THE MASKED MENACE

by

Kaoru Kurimoto

2005

カバー／口絵／插絵

丹野　忍

目次

第一話　ユーレリアの村……………………一一
第二話　風の騎士……………………………会
第三話　炎の舞………………………………一六一
第四話　仮面の正体…………………………二三三
あとがき………………………………………三〇九

私を見つめないで　忘れていた炎が小さな胸にともるから
私にささやかないで　愛のことばも甘い歌ももう凍った心をとかさないから
ああ、でもこの湖水のほとりであなたの歌はなんと甘い風になって届くのかしら
あなたの巻き毛はなんと美しいのかしら

——フロリー

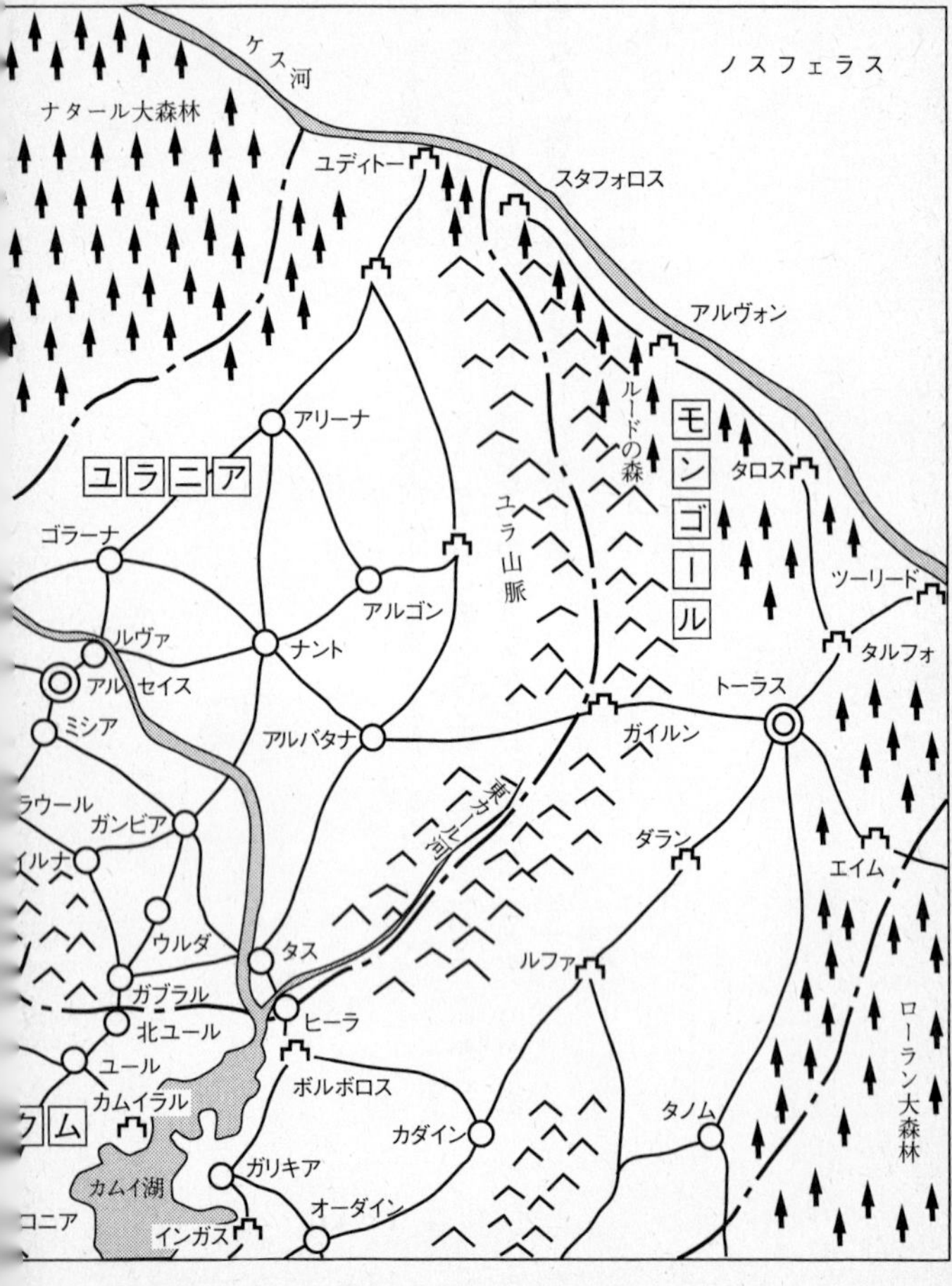
ケス河
ノスフェラス
ナタール大森林
ユディトー
スタフォロス
アルヴォン
ルードの森
モンゴール
タロス
ユラニア
アリーナ
ゴラーナ
ユラ山脈
ツーリード
アルゴン
ルヴァ
ナント
タルフォ
アルセイス
トーラス
ミシア
ガイルン
アルバタナ
東カール河
ラウール
ガンビア
ダラン
エイム
イルナ
ウルダ
タス
ルファ
ガブラル
ヒーラ
北ユール
ボルボロス
ユール
ローラン大森林
カムイラル
クム
タノム
カダイン
ガリキア
カムイ湖
オーダイン
コニア
インガス

〔中原拡大図〕

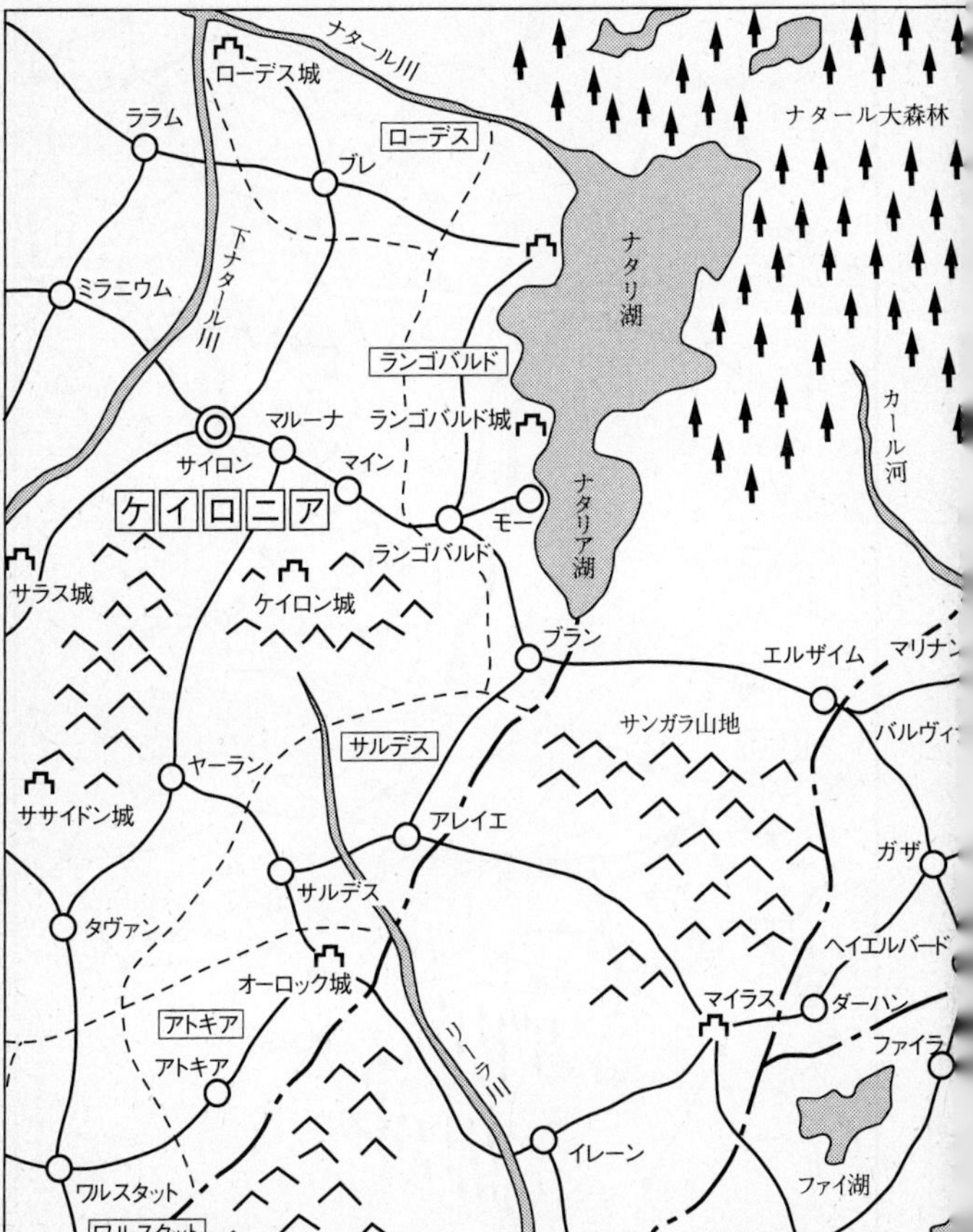
ナタール川
ローデス城
ナタール大森林
ララム
ローデス
ブレ
下ナタール川
ナタリ湖
ミラニウム
ランゴバルド
カール河
マルーナ
ランゴバルド城
サイロン
マイン
ケイロニア
モー
ナタリア湖
ランゴバルド
サラス城
ケイロン城
ブラン
エルザイム
マリナン
サンガラ山地
バルヴィ
サルデス
ヤーラン
ササイドン城
アレイエ
ガザ
サルデス
タヴァン
ヘイエルバード
オーロック城
マイラス
ダーハン
アトキア
ファイラ
アトキア
リーラ川
イレーン
ワルスタット
ファイ湖
ワルスタット
サルドス
クーニア湖

〔中原拡大図〕

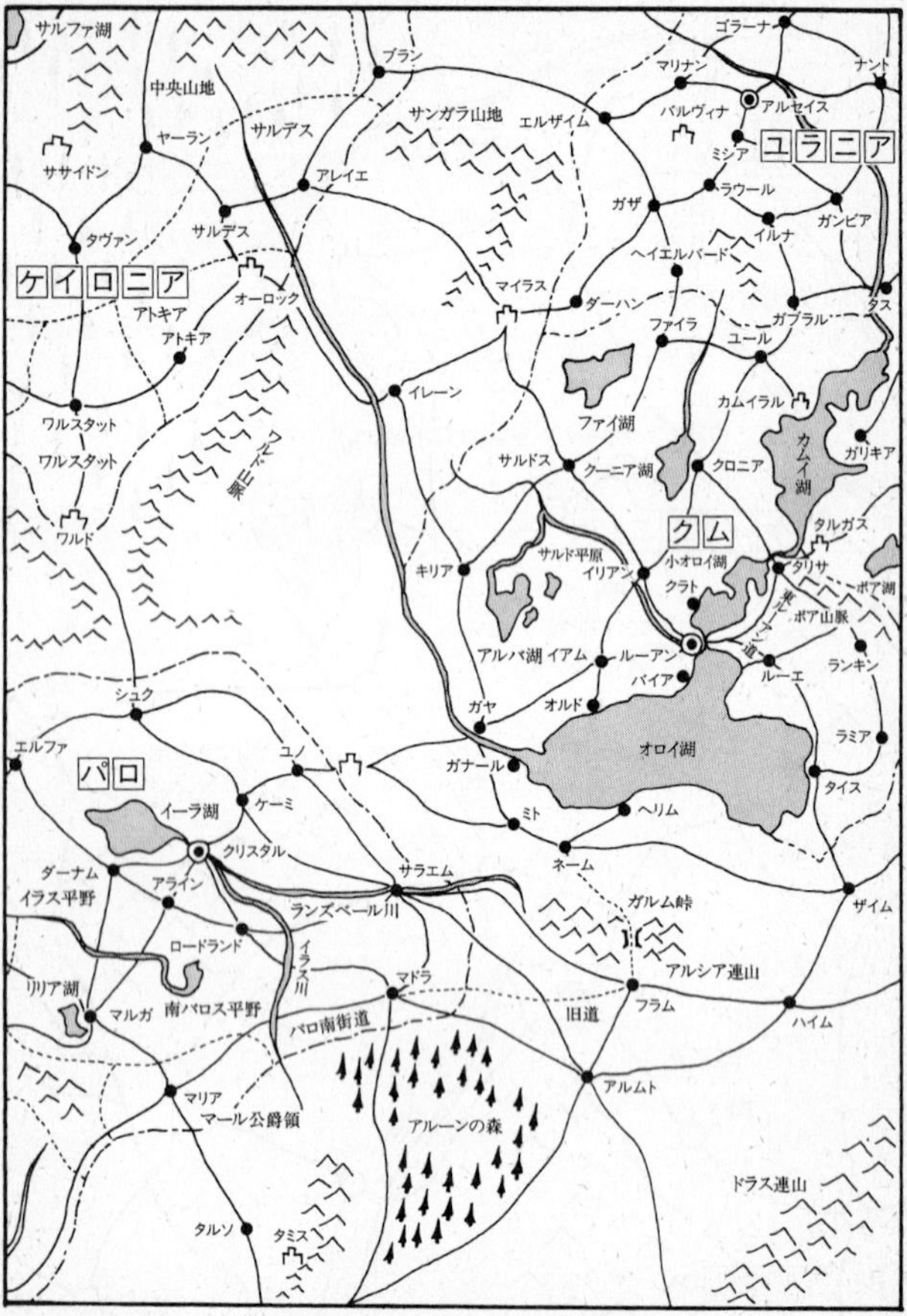

サルファ湖
中央山地
ブラン
ゴラーナ
ナント
マリナン
アルセイス
バルヴィナ
サンガラ山地
エルザイム
サルデス
ヤーラン
ササイドン
ユラニア
ミシア
アレイエ
ラウール
ガザ
ガンビア
サルデス
イルナ
タヴァン
ヘイエルバード
ケイロニア
オーロック
マイラス
ダーハン
タス
アトキア
アトキア
ガブラル
ファイラ
ユール
イレーン
カムイラル
ワルスタット
ワルスタット
ファイ湖
ワルド山脈
ガリキア
カムイ湖
サルドス
クーニア湖
クロニア
ワルド
クム
タルガス
サルド平原
小オロイ湖
イリアン
キリア
タリサ
クラト
ボア湖
東ルーアン道
ボア山脈
アルバ湖
イアム
ルーアン
ランキン
バイア
ルーエ
オルド
ガヤ
シュク
ラミア
エルファ
オロイ湖
パロ
ユノ
ガナール
タイス
ケーミ
イーラ湖
ヘリム
ミト
クリスタル
ネーム
ダーナム
サラエム
イラス平野
アライン
ガルム峠
ザイム
ランズベール川
ロードランド
イラス川
アルシア連山
リリア湖
マドラ
マルガ
南パロス平野
旧道
フラム
ハイム
パロ南街道
アルムト
マリア
マール公爵領
アルーンの森
ドラス連山
タルソ
タミス

風の騎士

登場人物

グイン……………………………………ケイロニア王
マリウス…………………………………吟遊詩人
ローラ（フロリー）……………………アムネリスの元侍女
スーティ…………………………………ローラの息子
ヒントン…………………………………ガウシュ村の村長
ニナ………………………………………ヒントンの妻
ルミア……………………………………ガウシュ村の娘
リギア……………………………………聖騎士伯。ルナンの娘
風の騎士…………………………………銀色の仮面をつけた謎の騎士

第一話　ユーレリアの村

1

「きみはサリアの娘　あかね色の髪」

やわらかな、透き通った美しい歌声が、朝露のようやく蒸発しはじめるころあいの湖水のほとりの森かげに、そよ風のように響いていった。

「好きなひとはいるの　好きなひとはだれ……そっと教えておくれ　風にのせてその名を」

歌っているのは、むろん、吟遊詩人のマリウスであった。そのやわらかい、澄んだここちよい歌声は、なまはんかなものたちがとうてい及ぶようなものではない、またとなく美しいものだ。それはときに激しくもなり、時にとろりと甘くもなったが、いずれにせよ、きくものをうっとりと酔わせるひびきを持っていた。

「きみはサリアの娘　きみはわたしのもの」

古いキタラをたくみにかなでながら、マリウスは歌いおえた。小さな、だが充分に歌い手を満足させるだけの熱のこもった拍手がおきた。

「すてき」

ぼうっとしたようすでマリウスにみとれながら、手を叩いたのは、小さなフロリーであった。もとのアムネリスの侍女にして、不幸ないきさつからイシュトヴァーンの子どもをみごもり、そして男の子を産み落としてひっそりとこの湖水のほとり、森の奥の小さなかくれがに身をひそめて生きてきた、ミロク教徒のフロリーである。

「そのお歌をきいていると――とても昔のことを思い出しますわ。あのころ、とてもはやっていたんですのよね……」

「ああ、ぼくもあのころはよく注文をもらってこれを何百回も歌ったものだよ。――そう、いっときとてもとてもはやっていたね、この歌は。でももうみんな忘れてしまって、あんまり歌わないみたいだ。忘れられた歌って、可愛想だね。――ぼくはそれを思うと、そういう古い歌をときたまあつめて、歌ってみんなにこんないい歌があったんだよと思い出させてやりたくなるんだよ」

「それをきいていると、遠い昔のトーラスの金蠍宮のことを思い出します」

フロリーはうっとりしていった。彼女はあいかわらずこざっぱりとした黒っぽいドレスを着ていたが、清潔な胸あてつきの前掛けをかけて、なんとなく、いかにも本来の彼女らしく――身分の高い姫君のかたわらにはべる忠実な侍女、といったふうにみえた。髪の毛はこざっぱりとまとめてうしろにひとつにくくられていた。そうしていると彼女はとてもうら若く、とても三歳になろうという子どものいる母親には見えなかった。

「あのころ……なんだか、なんて遠い昔みたいに思えるんでしょう。本当はまだ、そんなに十年もたってるわけじゃあないんですわ。……おお、なんてことでしょう。まだたったの四、五年しかたっていないんですのね。でもなんだか、もう本当に遠い遠い昔みたい」

「きみが金蠍宮を出ていったのは、イシュトヴァーンがアムネリス大公の左府将軍としていたころだ、っていったよね。――アムネリスと結婚するちょっと前だって。――だとしたら、そのころは、ぼくはトーラスの居酒屋で歌ったり働いたりしていたころかな。ちょっとの間だったけれどね。でもそうすると、そのあいだには、ぼくたちはたがいにたがいのことなんか全然知らないまま、同じトーラスにいたことになるんだ。同じトーラスの空の下に」

「まあ、そう考えるとなんだかとても不思議な気持がいたします」

フロリーはうっとりと云った。そういうあいだにも彼女の目はマリウスからはなれず、その崇拝にみちた目は、すでにこの短い期間にマリウスの口説き文句が充分すぎるほどにこの初心で純情すぎる薄倖な娘に効果をあげたことを物語っていた。

「何も知らないでわたくしたち、同じトーラスにすぐお近くに暮らしていたんですのね。ああ、そのころお目にかかっていたら、どんなだったんでしょう！　宮廷におよばれになるようなことは、ありませんでしたの？」

「もちろん、ないよ！　ぼくはそんなお偉い宮廷詩人なんかとはほどとおい、ただの流しの吟遊詩人だからね。だけどあのころ、ぼくの世話になっていた居酒屋は料理はアレナ通り一番だといって、ちょっと評判だったよ。——おお、だけど、宮廷の奥深くにいるきみじゃあ、アレナ通りまできてオリーおばさんの肉まんじゅうを食べるなんて機会は絶対なかっただろうな。本当にそれだけは君に食べさしてやりたかったよ！　本当に、あの肉まんじゅうは世界一だったんだ。つぼ煮も魚のすり身をいれたシチューもみんなどれもおいしかったけど、あの肉まんじゅうだけはね。——きのうきみが焼いてくれたヤマドリだってとても絶品で、こんな山のなかでまともな香料もないままに作ったなんて思えなかったけれど——それにけさの、その残った骨で作ったスープもね——だけど、あの肉まんじゅうは、ぼくはいまだにときたま夢に見るよ。あんなおいしいのは生まれてこのかた食べたことがなかった」

マリウスは、結局のところもうひとつのおおいなる共通の話題——《トーラス》という話題を発見したので、たいへんに満足していた。じっさいには、マリウスはそう長いことトーラスに住んでいたとはいえなかったし、それも出たり入ったりだったし、フロリーはフロリーで宮殿以外の場所などまったく知ってはいなかったのだから、同じ都市に住んでいた、ともいえないていどのものだったのだが、それでも、これだけいろいろなことがあった揚句に、かつて同じ町で暮らしていた、などと思うのは孤独なフロリーにとっては、とても嬉しい重大なことであったのだ。

「そんなにおいしいんですの？　想像もつきません……私、トーラスの町って、ほとんど知らないんです。八歳で宮殿にあがって――そのあともうずっと長いこと、宮殿のなかしか知らないままでしたから。もちろん……アムネリスさまと一緒にクムにとらわれたりいろんなことはありましたけれど、ふつうの暮らしっていうのは――全然……」

「トーラスの町、歩いたこと、ないの？」

「ないんです」

「きみ、どこの出身？　親御さんとかはどうなの、トーラスにいるんじゃないの」

「わたくしはちょっと田舎の……カダインの出身なんです。……カダインの田舎地主のむすめで、金蠍宮がアムネリスさまのおそばづかえに、八歳から十二歳までのあいだの女の子を募集されたときに、母がわたくしをトーラスの親類の養女として応募して、それで採用になったんです。――それきりもう、一回もカダインに戻ったこともありませんし、親元との音沙汰もありません。……金蠍宮にあがるとき、もう、実家との縁は切れた、一生宮殿でだけ暮らすのだと思うように、とかたく申し渡されまして――わたくし、一生懸命それを守ってまいりました。――親のほうからも何の音沙汰もなかったので、さいしょはとてもさびしかったですけれど……いろいろ覚えなくてはならないことばかりだったし、そのうちに、もう親もとのことなんかほとんど忘れてしまいましたわ。さいしょの四年間は行儀見習いで、それから十三歳で正式に女官になって、光栄にもアムネリスさまのお身のまわり係に選ばれて――そのあと、アムネリスさまにお気にいっていただいて……」

「そうなんだ……」

「カダインではまだ、うっすらとおぼえてますけれど――お祭りがあって、ヴァシャの収穫祭などのときにとても楽しく……まだ若いヴァシャで作ったヴァシャ酒をひと口もらったことだの、串焼きのお肉を屋台で売っていて焼きたてをもらって食べたことだのあるんですけれども、トーラスにきてからは、もうずうっと、金蠍宮の中だけで……」

フロリーはちょっとふっと風のような吐息をもらした。

「八歳から、宮殿の中しか存じませんでしょう。おかげでわたくし、とてつもない世間知らずに育ってしまったような気がいたします。――アムネリスさまのところを出奔したとき、わたくしやっと二十歳になるところでしたけれど、そのあとはもう、なんだかびっくりすることばかりで――いえ、何かいろいろなことがあったというのではなくて、何をみても、どんな人とあっても、ひたすら、自分がどんなに何も知らないのか、世間知らずで常識知らずなのかを思い知らされるばかりで、ただひたすら驚いてばかりおりましたわ。──わたくしの出会ったひとたちはみんなとても、それはそれはいいひとばかりで──本当によくして下さったのですけれども、そうであればあるほど、なんだか、自分が本当に何も知らないままでいたのだなあと……」

「その気持は、とてもよくわかるような気がするな」

思わず迂闊にマリウスは云った。

「宮廷のなか、っていうのはやっぱり全然違う世界だものね。限られた人としか会わないし、まあいわばとじこめられているみたいなものだしね。だから、そりゃあ、何もわからなくなっちゃうかもしれない」

「まあ、マリウスさまも、宮廷のなかをご存知ですの？」

フロリーに目をまるくして問われて、マリウスは気が付いた。だがべつだん、そんなことでへこたれる彼でもなかった。

「こういう商売だからね。あちこちによばれることがあるからね」

眉ひとつうごかさずに彼は言い逃れた。

「何ヶ月も宮廷に滞在しているようなこともあるんだよ。もっともそんな、トーラスの金蠍宮だのパロのクリスタル・パレスだの、っていうような、そんな立派なほんものの宮廷じゃあないけれどもね。もっと小さな、ずっと遠い国の──きみなんか名前も知らないような小さな国の宮廷だよ。それでも、充分すぎるほど堅苦しかったり、面倒くさかったりね。ぼくは、やっぱり、こうして旅から旅の暮らしが一番好きだな」

「そうなんですの……」

フロリーはひとを疑うことだの、そのことばのうらを考えることなどまったくしないたちだったので、感心してうなづくばかりだった。

「わたくしはとてものことに、マリウスさまみたいに、強くはなれませんでしたから……びっくりしてばかりでしたわ。でも、やっとここにおちついてからは、なんだかとてもやすらかな気持になれましたけれど……あら、ま、もうずいぶん知らないあいだに時間がたってしまった」

驚いてフロリーは飛び上がった。

「朝ご飯のあとちょっとだけお歌をきかせていただこうと思っただけだったのに、すっかり話し込んでしまって。まあ大変、お菓子も焼かなくてはいけないし、お昼御飯の用意もしなくてはいけないし。――そうでしたわ、わたくし、ガウシュの村のひとたちのことすっかり忘れてしまって」

フロリーは心配そうに小さな手をねじりあわせた。

「村長のヒントンさんたち、あれからどうなさったでしょう。あの気味の悪い騎士のひとたちは引き上げたのでしょうか、まだいるんでしょうか？」

「さあねえ、いってみないとわからないけど……でも」

「あんなにお世話になっているのに、ついつい、自分の楽しいのにかまけてしまって」

　フロリーはなさけなさそうに云った。

「わたくしって、しょうもない女ですね！　それものんきにマリウスさまのお歌に聞き惚れていたりして、本当はもう朝一番でようすを見に行ってあげなくてはいけなかったのに」

「どうしてさ」

　マリウスは肩をすくめた。

「何ごともなければ、べつだんかれらはいつもどおりに暮らしてるだろうし、もし何かあったとしたら、そこにきみやぼくが顔を出したところでなんかの役にたつとでもいうの？　かえって、とっ捕まってひどい目にあわされたり、いいようにされたりしてしまうのが落ちだよ。ぼくは、きょうこれからようすを見に行くのだって、ちょっと心配で、いろいろ考えていたのに」

「心配って――」

「きみとぼくが湖水を渡ってガウシュの村のようすを見に行く必要があるだろうかってさ。――まあ、きみは、ガウシュの人たちとのつきあいがあるだろうから、ほっぽりっぱなしってわけにはゆかないだろうけれど、でも、そのときに、ぼくときみとふたりでゆくのはどうかな。ちょっと危ないいんじゃないのかな。――といって、グインとぼくでいったら、きみとスーティを残してゆくのもちょっと気になるし――だからってグインときみがいったって、こんどはグインがガウシュの村の人たちをびっくりさせてしまうだろうし――ううん、なんだかまるで『ニワトリとキツネとガティ麦』のなぞなぞみたいだ。どれとどれを組み合わせておいておいたらいけないかっていう」

「…………」

「一番いいのは、全員で――スーティも連れてだよ、それでとりあえず雨が池をわたって、対岸にいって、そこにちょっと隠れていてもらって、きみとスーティをグインに守ってもらってぼくが偵察にいってくることだろうな。たぶんグインもそれがいいというだろうと思うんだけど、でもきみのあの舟は小舟だものねえ、あのでかいグインをのせてはとても無理だろうなあ、四人で乗るのは」

「ええ、あれは二人乗りなんです」

フロリーは困惑したようにいった。

「わたくしそんなこと……考えてもみませんでしたわ。でもどうしたらいいんでしょう。ヒントンさんたちのことはとても心配なんですけれど」

「うーん」

マリウスは唸った。

「ぼくも決して心配じゃあないことはないんだけれどもね。——でも、何もわからないあいだは、いたずらにあれやこれやとこちらで憶測して心配したところでしょうがないし。——それにとにかく、あいてがいったい何ものだったのか、どういうつもりだったのか、それも何ひとつ見当もつかないままなんだからね」

「ええ……」

フロリーは心配そうにうなづいた。

「でもとにかくとりあえずうちに戻ろうか」

「ああ、はい」

ふたりは、フロリーのいうように、朝食のあと、ちょっと必要な香草の葉っぱだの木の実だのを摘みにゆく、というのを口実にして、雨が池とよばれているささやかな湖水のほとりまで散歩の足をのばしたのだった。だがそこにちゃんとキタラを背負ってきたのは、マリウスがつねに楽器を手放さない楽人だから、というよりは、やっぱり、マリウスの下心であった。ちょっと座って歌を一曲か二曲きいてゆかない、と誘えばフロリーが断るわけはないのだ。

空は青く高く澄み渡り、風はそよそよと気持よく、小鳥が鳴き、花々は咲き乱れ、まことに気持のよい朝であった。このあたりは、本当に誰ひとりとして人間が通りかかる気遣いはないし、また、深い森にへだてられて、ちょっと外に出てしまえばフロリーの小さなささやかな小屋からはまったく見えない。マリウスは、あわよくば歌を餌にまたフロリーからキスのひとつもぬすんでやろう、というつもりがないわけではなかったが、フロリーが籠を手にして立ち上がったので、せいてはことを仕損じるとばかりになにくわぬ顔で立ち上がり、キタラを背負い直した。

「どの草が香草なんだか教えてくれればぼくも摘んであげるよ」

「ああ、大丈夫ですのよ。そうおっしゃって下さるのはとても嬉しいんですけれど、ちょっと似た草で、毒のあるのもありますので、間違ってそっちを摘んでしまったりするととても大変なんです。ですから――それにわたくし、そのパフパフという草がまとまって生えている群落を知ってますので、そこにゆけばいつでもこのかご一杯分くらいすぐ摘めるんです。――それとちょっとカンの実を探して、五、六個摘んだら、すぐ戻って――それでカンの実をすりおろして入れた焼き菓子を焼いて、それにパフパフをきざんで……ちょっとガウシュで売れるものを作って、それでおひるをみなさまに作ってあげたら、それで出発できますね」

「きみって、働きものだよねえ」

マリウスは感心していった。

「ほんとにこまねずみみたいに働いている。本当にそういうたとえがこんなにぴったりするひとってはじめて見たよ。――本当によくまめに働くし、しょっちゅういろんなものを作っているし――偉いな」

「いえ、わたくしなんかもう、こうしてやっていなくては、すぐになんにも手に入らなくなってしまいますから――お金ではなくて、ものでなんとかして、必要なものを手に入れているんですから」

「なんか仙人みたいな暮らしだよね。山のなかで、いろんなものを摘んできて、いろんなお菓子を焼いたりして、それをもっていって、あちらで卵や肉やヤギの乳なんかを手にいれて、またそれでお菓子を焼いて」

マリウスは首をふった。

「それで、きみ、このまんまもうずーっとそうしていて、いいの？　スーティだってそのうち大きくなるよ。そうしたら、いろいろ友達だって欲しくなるだろうし、学校だって通わせないと読み書きだって覚えられないだろうし――それはきみが教えられるかもしれないけれど、でも、きみはずっとこのままでいいって思っているの？」

「そう思っているわけじゃないんですけれど」

フロリーは自分のいったとおり、このあたりについては熟知していたので、すぐにパフパフ草の群落にたどりついて、香りのたかいその草を手際よく摘んでは籠に落としながら云った。

「でも、なんだか――わたくし、ずっとあちこち転々として心のやすまるひまもなかったので……いまのこうしてひっそりとスーティとだけ暮らしていてたまにガウシュの人たちあいてに商いをするような暮らしが、なんだかとてもほっとする気分で——ここにきてから、わたくし、自分がこんなに人間嫌いだったのかって思いましたわ。——誰もいないところにいると、とても気分が休まるんです。ガウシュのひとたちからも、湖水をわたってこちら側に小屋をたてて暮らせばいいじゃないか、そのほうが安全だし、スーティのためにも友達もたくさんいるし、手がわりもいるよって云われるんです。でも、わたくし、そうしたくないんです。——なんだか、こうしてこちらから、湖水を好き勝手なときに渡っていって、商売をして、また帰ってくるのにはいいんですけれど、そうやってずっといっしょにほかの人たちと暮らしていると、たぶん——そこにまた、なんというのかしら……しがらみですか？　それが出来ますよね？　情が移ったり、いろなかっとうができたり、いろんなもつれた事情や気持みたいなものが動いたり——わたくし、それがとてもイヤなんです、いま。なんだかとても疲れてしまった気持で、もう、まだ少しのあいだでもいいから、そっと静かにひっそりと暮らしていたい、っていう気持なんです。みんな——とてもいいひとたちだ、とは思うんですけれど……」

「ふーん……」

マリウスは、そういうフロリーのかわいらしい顔に、ふっとかげりが浮かぶのを見つめていた。そして、たぶん、まだ若く、みるからに頼りなげなフロリーだけに、いろいろと口に出しづらいようないやなことや、不愉快なこと、辛いこともこれまでの暮らしのなかでたくさんあったのだろうと、察していた。

「でも、スーティが大きくなったら、考えないわけにゆかなくなるよね」

「ええ……そのこともときたま考えます。そう考えるとなんだか、どうしていいかわからないような心持になってしまうんですけれど……まだ先のことなんだから、って思うのは、とてもいけない逃げなのかもしれないんですけれども……」

「そうだねえ……」

「それに、スーティの父親のことを考えると、わたくし——どこに連れていっても、もし万一スーティの素性が知られたらと……そう思うと、一生ここのこの山奥にひっそりと隠れているのが、わたくしにもスーティにも一番いいことのような気がしてしまうんですけれど……でも、そんなの、きっとありえないんでしょうね。いずれまたきっと何かがおこって——そうして、このしずかで平和なつかのまの休息から、出てゆけといわれるんだわ……」

フロリーは、急に百歳も年をとりでもしたかのような重たい吐息をついた。

マリウスは首をかしげて、自分もあまりどういう助言をしたらいいのか珍しく思いつかなかったのでちょっと口ごもっていたが、とりあえず、何があろうと黙っている人間ではなかったので、

「ま、そのうちにきっと一番どうするのがいいことだかわかると思うよ」

とだけ云った。

「それに、きっとおのずからものごとっていうのはなるようになってゆくものだとぼくは思うよ。——それにほら、現に、きみもこうしてぼくと知り合ったり、グインと知り合ったりしただろう？——グインがいまケイロニア王なのは知っているだろう。そのグインにもいろんな事情があって、いまはこうして流浪の旅にいるけれども、かれはいずれは必ずケイロニアにかえることになると思う。そうせざるを得ないさ。そりゃあ、どれほどどんな事情があろうと、王であることは確かなんだから。そして、ぼくは——きみじゃあないけれど、もう、宮廷暮らしとか、ひとつ場所で縛られて暮らすのにはほとほと自分が向いてないんだってことがとてもよくわかったんだ。だからね……」

「ええ……」

「だから、そうだなあ、グインがいよいよケイロニアに戻るってことがはっきりと決まったら、ぼくは名残惜しいけれどグインとは別々の道をいってまた自分の旅を続けると思うんだ。ぼくはもうケイロニアには帰ら——あ、いやいやいや、長いいろいろなところをめぐる旅のさなかでケイロニアにもずいぶんいったけれど、またゆきたいという特に魅力を感じているわけでもないしね。だから、いまは——」

「……」

「いまのぼくにとっては、きみが一番魅力的だな」

ぬけぬけとマリウスはいった。そして、せっせと草や木の実を集めている最中なので、フロリーに手出しが出来なかったので、腹癒せに低く歌を口ずさんだ。

「きみはサリアの娘……きみはわたしのもの」

「……」

フロリーは何も聞こえないような顔をして、せっせと手をのばして野性のカンの実をつみとっていたが、そのうなじがぱっと赤く朱を散らすのがわかって、マリウスはとりあえず満足だった。フロリーはマリウスにとっては、とりあえず、いま現在の《ねらった獲物》であったし、その獲物は確実に、刻一刻と自分の手元に引き寄せられてくる、ということがはっきりしていたのだから。

「ぼくはグインとたもとをわかったら、この山すそにきて、きみと一緒にしばらく暮らそうかなあ」

マリウスが、また横をむいて、そっと横目でフロリーのようすをうかがいながら云った。

「だめ？」

「おお……お願いです」

フロリーは弱々しく云った。そして、もうそれ以上高いところにある実をつむのをあきらめて、籠を持って家のほうにむかって足早に歩き出した。

「これ以上、わたくしを苦しめないで下さいませ、どうか。お願いです。わたくしは——本当に……どうしていいかわからなくなってしまいます」

2

「ただいま」

小屋に入るときには、もちろん、マリウスはまるきりなにくわぬ顔をしていた。スーティは相変わらずグインにはりついて、遊んでもらっていたようだった。きゃっきゃっと楽しげな声が、小屋に入る前からきこえてきたのだ。

「もう、すっかり、あんなになついてしまって」

フロリーが楽しげにつぶやく。

「あのきかないスーティをあんなになつかせてしまうなんて、やっぱり不思議なかたです」

「そうだね。まあ、グインだからね」

マリウスは笑った。

「母様」

スーティが駈け寄ってくる。年のわりには発育もきわめてよく、からだも大きいので、知らないものが見ればもう四歳児くらいには充分にみえる。

「おみやげ。おみやげなに」

「これこれ、スーティ、飛びついてはだめよ。おかごのなかみがこぼれるからね。このおかごのなかみはカンの実とパフパフ草だけよ。スーティの好きなものはまだないのよ。これから作るのよ」

簡素だがこざっぱりと片付けられている小さな丸太小屋のなかにも、明るい朝の光が射し込んでいる。

「ついついマリウスさんに、湖畔でお歌をきかせてもらっていたら遅くなってしまいました。すぐにちょっといろいろお料理しなくてはなりませんの」

フロリーはグインに言い訳するようにいった。

「それからおひるを作って――マリウスさまは、お昼御飯のあとで、四人で一緒に雨が池をわたり、ガウシュの村へ様子をみにゆくのが一番いいのではないかといっておいでです。わたくしとスーティが残っていて、マリウスさまとグインさまが二人でゆかれると、こちらに何かあるのではないかと……」

「そう、心配でおちおちできないし、といってぼくとフロリーがきのうと同じように出かけてゆくのは、もしかしてまだ何か危険なことがあったときには、何もぼくは身を守ってあげる役にたたないし。といってもうなにごともなくなっていれば、グインが村人たちに見られないほうがたぶんいいと思うし、といってフロリーとスーティだけが行くのはもちろん危険じゃない？」

「ウム」

グインは唸っただけで、どうとも云わなかった。

「でも、フロリーはあのガウシュの村の人たちが、きのうの光の騎士団だかなんだかに、何かひどい目にあわされてしまったのじゃないかと、とても心配しているんだ。だからどうしても様子を見にゆきたいというんだよ」

「そうなんです。わたくしあの村のかたたちにはとてもとてもお世話になっておりますし――それに、きのうのあの騎士団の人たちは、いますぐ掠奪をはじめる、というようなようすではなかったですけれど、それでもトマスさんをわけもなく傷つけたりしましたし――わたくし、なんだかとても怖いんです。――でも、問題は」

「そう、問題は、あのフロリーのちっちゃな小舟では、いちどきに四人、ましてその一人はグインとあっては、とても乗れない、っていうことなんだね」

「それは、特に考えるまでもなかろう」

グインは重々しく云った。

「俺は何だったら、誰にも姿をみられぬよう気を付けつつ、歩いて雨が池の周辺をまわってガウシュの村へゆけばいい。たぶんあの池の広さから察するに、ものの一ザン半も歩けば俺は足が速いので対岸のガウシュに着けるだろう。お前たちは時間をみはからっておそめに出て、それであちらで商売をしたいなら商売をするなりしながら様子を見ればいい。スーティはこのさいはまあ、俺が連れて歩かせるわけにはゆかぬので、小舟で連れていって、一緒にずっといるしかないな。だが、俺がいつも近くにひそんでいて何か危ないことがあればすぐ飛び出せるようにしているなら、それほど危険なこともあるまい。というか、まあ、たしか三百五十人ばかりだと思ったが、その程度までだったら、よほど訓練されて装備も完備された精鋭ぞろいでもないかぎりは、それほどおそれることもあるまい。俺一人いればな。——もっともそのさいには、女子どもを人質にとられてはなかなか厄介なことになるゆえ、マリウスには、うまく立ち回ってフロリーとスーティを守って本当に危険な場所へは近づけないようにすることだけは、ちゃんとやってもらわなくてはなるまいが」

「それはもちろん、かまわないけど——というか、逃げ足のほうがどっちかというとぼくは専門だから」

マリウスはにやにや笑った。

「でも、とにかくフロリーとスーティを連れてゆくのはどちらかというと、ここにおいておくのが心配だから、というだけのことで——じっさいには、ガウシュのようすを見に行くのはぼくとグインだけにしたほうが本当はいいと思うな。あの連中は確かにちょっと気になったよ——それに、正直、あんまりいい気持じゃなかった。何か、そうだなあ、なんていったらいいんだろう。たとえば赤い街道の盗賊団みたいに有無を云わさずものすごく危険だったり、けんのんだったりする、というわけじゃないんだけれども、でもこれはどうも、いざとなると相当ひどいこととかもするんじゃないか、という——殺気っていうのかな、うん、殺気みたいなものがあったよ。それがぼくにはとても気になった。だから心配するフロリーを無理やりつれて、湖水をわたって戻ってきてしまったんだけれど」

「ああ、だが、夜のあいだに湖水の彼方から、たとえば火の手があがったりするようなことはなかった。また、これだけの湖水があいだにあるとはいえ、たぶん本当に阿鼻叫喚の大騒動などが起きていたとしたら、湖水のこちら側からも多少は異変が感じ取れるだろう。だが、昨日の夜はいたって静かにすぎていった。今日の午前中もだ。その意味では、まだ、たいしたことは起きていないだろうと思ってもよいのではないかと思うが。——だが、俺もその騎士たちというのはちと気になるのでな。ちょっと早めに出発して、俺が探れる限りでガウシュの村の様子を見てみてはどうかと思っている。それで、もしも、落ち合う場所などを決めておけるならそちらで、お前たちが湖水を渡ってきたあとで俺が合流して、様子を知らせてやれれば一番安心だろう。危険なら、そのまま湖水を漕ぎ戻ってしまえばいいのだからな。——確か船つき場からガウシュの村まではほんの少しだがはなれている、といっていたな」

「ああ、うん」

「だが、もし万一、その騎士団の連中というのが、船つき場まで占拠して見張りを立てているようなことがあると危険だ。ちょっと、そこでない横あいのほうにつけてもらったほうがいいかもしれんぞ」

「それもそうだな。じゃあ、こちらからみて船つき場よりかなり右側のほうにつけるようにして、そこいらあたりでグインと落ち合ったらいいんだな。何か、目印になるものはない、フロリー」

「そうですわね……」

フロリーは考えていたが、やがて、船つき場よりも二百タッドくらい右側のほうに、巨大なお化け柳の木があって、それが水際に張り出して枝が水のなかになかば浸かっているほどになっているので、すぐわかる、といった。

「なるほど。じゃあそのお化け柳を目当てにすればいいかな」

「そうしよう。それでは俺は早速に出発することにする」

「なんだか、申し訳ございません、グインさま……」

「いや、これもなりゆきだ。それに、ガウシュの村の人々に危害が及んだりすると、このの ち、あんたが暮らしてゆくのにも、なにかとさわりがあるのだろう。——まあ、いい。では、ちょっと落ち着いたら俺は出て湖水を回り込んでそのお化け柳を目当てにいってみよう」

「ぐいんどっこもゆかないの？」

心配そうにスーティがいった。フロリーはずしりと重たいスーティをあわてて抱き上げた。

「大丈夫よ。グインさまは、どこかにいらっしゃるわけじゃあないのよ。そのかわりに、もっと、母様やスーティが安全でいられるように、偵察にいってくださるのよ、御親切に。――スーティもあとで湖水をわたるのよ、でも今日はいつもと違う、もしかしたら怖いおじさんたちがたくさんいるかもしれないところへゆくので、きょうだけは本当に静かにしていて頂戴ね」

「怖いおじさん……？」

スーティは心配そうにいった。そして、お気に入りの棒きれの刀をひっぱってくると、それを抱きしめたまま炉端に座り込んで心配そうな顔をしていた。

フロリーは早速かいがいしく料理にとりかかり、粉をふるったりミルクをこしたりしはじめたので、マリウスがスーティのお守りをひきうけ、そしてグインはフロリーがすっかり洗ってきれいにかわかしておいてくれた衣類を身につけ、皮マントをつけ、そして大剣を腰にさして、ひと足先にガウシュの村めざして出発することとなった。グインはいたって落ち着いていたし、なにごとをも恐れる理由もなかったが、マリウスのほうは、口では強がっていたにもかかわらず、グインと別れて別行動をとることをかなり内心気にしてそわそわしていた。とはいうものの、グインのその提案がもっとも妥当かつ論理的であることも明らかだったので、反対することもできなかったのだが。

「では、お化け柳のところでな。必ず、俺もなるべく早めにそこにゆくので、いったん俺と落ち合って様子をきかないうちは、お化け柳のところにずっと隠れているようにして、勝手にガウシュの村へいったりはしないことだ」

「ああ、はい」

「ことにマリウス。お前はフロリーとスーティから離れるのじゃないぞ。いいな。お前の任務はかれらを守ることだと思え。――偵察したいのはやまやまだろうが、それは俺にまかせておいたほうがいい」

「わかってるってば」

いささかそわそわしながら、マリウスはうなづいた。

「どんなにこっそり偵察にゆきたくても、我慢することにするよ。――だってスーティだってまだたった二つなんだもの、とても母様を守ってあげることはできないものね。この母様がまた、とてもかよわいときているんだから」

「俺は実のところ、その光の騎士団という連中もさることながら、俺が見かけたあの五

騎というのがかなり気になっている」

　グインは云った。

「はっきりとした証拠のないうちにあれこれと推論するのはよくないことゆえ、何も云わぬが、もしも俺がいくつか考えてみたさまざまな可能性のうちのどれかがあたってしまうとすると——遠からず、なかなか不愉快な事態がこの近在に展開することにならぬとも限らぬ。——だとすると、フロリーとスーティも、もう、この地を安住の地とするのは、気の毒だが無理になってゆくかもしれぬしな。——何にせよ、まずは偵察してみてからだ。では、のちほど、お化け柳の下でな」

　言い残して、グインが、身軽に小さな小屋を出発してしまうと、マリウスは、なんとなくひどく不用心になった気がしてならなかったので、厳重にかぎをしめ、心張り棒をかったりして、入口を守るようにした。そうなってみると、明るい日差しのまっただなかの昼間ではあったが、いかにまた、あたりが深くひとけもないしんしんとしずまりかえった森のさなかであるか、ということ、その森のなかで起こることがらについては、誰ひとり、どれほど叫んだり助けをもとめたりしても来てくれるものはないのだ、ということを考えないわけにはゆかなかった。

「ここは、そのう、とても良いところだとは思うけれど……」

　マリウスはためらいがちに、せっせと焼き菓子を型抜きしているフロリーに声をかけた。

「いつまでもこのままで暮らしているのは大変そうだね。――じっさい、よく、これまでの三年間、ここでひとりで暮らせたものだ――もちろんスーティはいるけれどもね――って、ぼくはほとほときみに感心しているんだよ。じっさいには、ずいぶん、かよわく見えるけれど、シンはしっかりしているのかしらね、きみは、フロリー」

「さあ、どうなんでしょう」

フロリーはせっせと、葉っぱのかたちや花びらのかたちに焼き菓子を型抜きしながら返事をした。すでにかまどに入れられて焼かれている分もあったので、室のなかには甘いお菓子の香りが漂いはじめていた。

「わたくしは、どちらかというと、誰もいないことよりも、人間のほうがずっと怖かったんですわ。だから、誰もいないところにきて、ずいぶんとほっといたしました。――やっぱり、なんといっても、妖怪変化よりも、たまにしかおこらない掠奪だの、そういうものや、森の猛獣なんていうものよりも、恐しいのは、人間――ですわ。ひとのこころがわたくしには一番いつもおそろしく感じられてならないんです」

「ひとのこころねえ」

その考えには、マリウスはまったく賛成できなかったので、首をふっただけだった。マリウスのほうは、人間が恐しいなどと考えたこともなかったのだ。

「そんなもの——恐しいと思ったら確かに恐しいかもしれないけど、そんなことといったらひととつきあったりなんてとても出来なくなっちゃうじゃない？　ひとの心って、冷たいと同時に思いがけずあったかかったり、優しいと思ってるとそうじゃなかったり、いろいろ思いがけないことがあるから、だから面白いんじゃないかしらね？」

「マリウスさまは、お強いから、そうおっしゃれるのだと思いますわ」

フロリーはつぶやくようにいった。そのあいだも手はせっせと動かして、こんどはカンの実をすりおろしていたので、室内にはすっぱく甘い野性のカンの実の芳香が立ちこめていた。

「わたくしはとても——とても心弱くて……ですから、いつも迷ったりまどうたりしているばかりで——いつも、ミロクさまにおすがりして、心の平安を与えたまえ、とお祈りばかりしているのです。——きっとわたくし、とてもなさけない、とてもしっこしのない人間なんですわ」

「そんなふうになさけなかったりしっこしがなかったりしたら、こんなふうに山の中にひとりで隠れ住んでいろいろなものを作って売って生計をたてて、スーティを生んでひとりで育てたりなんかとてもできなかったとぼくは思うけれどもね」

マリウスは肩をすくめた。

「まあ、べつだん、きみの生き方についてぼくがあれこれ指図がましい口を出す理由はないんだけれど。ただ、そうやって静かに暮らしていられるあいだはいいけれども、そうでなくなったときには――誰かにきみがここにいることを知られてしまったりしたときには、ここはとても不用心だな、ということだけだね。――だからといって、それをいったら、世界中どんな場所にいったって――それこそ、宮廷のなかにいたって、殺されてしまうことだってあるんだから、とても、そんなどこかにゆけば絶対安全な場所があるなんてことをあてにするわけにはゆかないんだろうけれども」

「――本当に安全なのはきっとミロクさまのみもとに招きよせられたときだけなんですわ……きっと」

フロリーはお菓子を作る手をとめて小さくつぶやいた。その細い肩が、心細そうに小さく一瞬ふるえたが、そのまま彼女は何かをふりはらうようにまたせっせと焼き菓子を、貴重品の油をしいた鉄板の上にならべてかまどにいれる作業にとりかかった。

「このかまども、こういうお菓子を焼く道具なんかも、みんな、ガウシュの人たちが――大半はヒントンさんが、用意してくださったんです」

フロリーは静かにいって、そっとうなだれた。

「何の縁もゆかりもなかった私たち親子にこんなにも親切にしてくださって。そのおかげでわたくし、三年のあいだ生き延びてくることができたんです。――どうか、あの村のひとたちになにも悪いことが起きていませんように。――何もおそろしいことがおこっておりませんように。なんだか、わたくし、胸騒ぎがしてならないんです、きのうからずっと」

「それは、あんな連中をみれば、誰だって胸騒ぎくらいするさ」

無責任に、マリウスは保証した。

「素性の知れないというだけでもけっこう不気味じゃない？　だけど、とにかく大丈夫だよ。いまあれこれ考えたところでどうにもならないし、それにとにかくわれわれにはグインがついてるんだ。——グインがついてさえいれば必ずいいようにしてくれるんだから、それを信じて大船にのったつもりでいればいいのさ」

「とても——マリウスさまは、グインさまを……信じておいでになりますのね」

フロリーは感心したようにつぶやく。

「ああ、そりゃあね。あの人は世界一の戦士だもの」

「それに——とても……気持がよく通っておいでになる。——あんなふしぎな見かけをしておいでになりますけれど、そのマリウスさまの信頼されるお気持は、わたくしにもよくわかりますけれど……わたくしなどのようなとるにたらぬものからは、なんだかあまりにもけたはずれすぎて、大きな山を見上げてもその全貌がわからないようで、ちょっと恐しい感じさえするのですけれど……でも、スーティが懐いてくれたのが、なんだかとても、わたくし嬉しいんです。スーティはこれまで、男親というものをまるで知らずに育ってきましたから――わたくし、スーティが大きくなるにつれて、殿方というものは、どういうものなのかまるで何の考えも持たずに育つのではないかと心配で。いまからそんなことを考えるの、取り越し苦労といわれてしまいそうですけれど――でもガウシュの村のひとたちはみんな、おじいさんやおじさんばかりですしねえ。若い殿方はあんまりあの村にはいらっしゃいません。そういうかたたちはみんな出ていって、どこかで冒険の旅を求めたりなさるんです。だから、ずいぶん、あの村からも若い男の人たち――ときには女のひとたちも出ていってしまわれました。そういうかたたちはめったにもう、戻ってこられることはありません。――無理もありませんけれど、こんな山あいのひっそりとした暮らしは、若い人たちには寂しすぎるんですわ」

「それをいったらきみだって、そのなかで一番若いくらい若いのに、フロリー」

「いいえ、わたくしなんかは――本当に、わたくしの一生はもう終わったんです。わたくしの生はもう余生なんです」

またしても、フロリーはそうつぶやいた。

マリウスはまた多少苛々したが、だが、その気持をおさえて、キタラを引き寄せた。

「もう、グインは足が速いからずいぶんいっただろうね」

キタラを調絃しながら云う。

「焼き菓子のほうが出来上がるまで、ちょっと軽く歌を歌ってあげよう。――スーティもきっとそのほうが退屈しないだろうし、そのあときみはぼくたちのお昼ごしらえにかかるんだろう？　そのあいだ耳が退屈しないように歌を歌っていても邪魔にならない？」

「ああ、まあ、マリウスさまの素晴しいお歌なら、いつだって大歓迎ですわ。邪魔なんてとんでもない」

「じゃあ、歌っていよう。とにかく、きみはあんまりいろいろなものごとを暗いほうに暗いほうに考えすぎるよ。だから、明るい歌を歌ってきみの小さな心を明るくしてあげる。——とても古いワルツだけれど、とても楽しい曲があるんだよ。——ぼくはなんといったって、三千曲から、曲を知っているんだからね。その上に自分でもずいぶん作ったし。その場で口から出たがるとおりに歌って、もうそのまま忘れてしまって、二度ともとどおりにうたうのは無理な歌もあるけれどもね。——でも、そういう、いってみればそのときかぎりのあぶくみたいに、風みたいに通り過ぎていった歌も、ぼくはみんな愛してる。——それはそのときのぼくの心に一番忠実だったと思うからね。——じゃあ、聞いてよ」

マリウスはキタラを抱え直した。

スーティも、マリウスよりもどうもグインのほうになつきがちでもあったし、またマリウスについては、多少幼な心にうさんくさい、と思っているきらいがないではなかったが、マリウスのキタラと歌をとても好きなことについてだけは、まったく何の問題もなかった。マリウスが歌を歌い出すと、いっぺんにスーティも静かになって、マリウスの歌に熱心に目を輝かせてききほれた。それは考えてみれば、この幼い子が、生まれてはじめてきいた歌であったのだ。

それまで歌というものも知らず、吟遊詩人だの、キタラの調べなどというものの存在も知らずにきたスーティにとっては、それがとてもふしぎな、とても魅力的なものに思われたのも当然であった。スーティはマリウスがキタラをかきならしはじめると、大急ぎでマリウスの足元にいって座り、居心地のよい場所を確保してゆっくり聞こうという体勢になった。

フロリーはそうもゆかなかったので、せっせとこんどはお菓子づくりでとっちらかってしまった台所を片付け、それから鍋をとりだして、昼食を作ろうとガティ麦の粥を作りはじめていたが、マリウスが古い恋唄や軽快なワルツをかなではじめると、思わずその手練の手もとまりがちになった。そして、マリウスが、あでやかな恋の歌を歌い出すと、思わずすっかり手をとめて聞き惚れてしまった。

「あら、あら、どうしましょう」

曲がおわると、あわててフロリーは叫んだ。

「わたくしってば、すっかり手がとまってしまっていて。ガティのお粥をちょっとねとねとにしてしまったかもしれないわ。すぐに火にかけなくてはいけませんでしたのに。――ああでもなんていいお声なんでしょう。なんて美しい声で、そうしてなんて美しいお歌なんでしょう。――そんなふうにお歌いになるのを聞いていたら、どんな女の子だってマリウスさまに恋をしてしまいますわ。――ああ、なんて素敵なキタラの響き」

「でもぼくが恋してほしいのはたったひとり、君だけだよ。小さなフロリー」

マリウスはすかさず云った。そしてフロリーが真っ赤になって両手に顔を埋めてしまったので、また、駄目押しをしておこうと、とっておきの美しいマドリガルを歌いはじめたのだった。

どちらにしても焼き菓子が焼けなくては舟を出すわけにはゆかなかったのだが、それにしても、思わず知らずどちらも時のたつのを忘れてしまっていた。しだいに小屋のなかには甘くたまらなく食欲をそそる焼き菓子のにおいが満ち満ちてきはじめていた。

3

一方——

グインのほうは、とっとと小屋を出るとわきめもふらずに雨が池の小さな湖水にそって、ろくろく道があるとも云えぬような森かげの道を歩きはじめていた。

何も考えることもなく、何もおそれたり、また案じたりすることもなかった。——彼はつねに、自分にわからぬこと、いま考えてもどうしようもないようなことはあれこれと推測をたくましくしたりすることをせぬようにつとめていた。あやしげな《風の騎士》の正体についても、《光の騎士団》とやらについても、またそれを探していたらしい五人の騎士についても、何ひとつ考えるのをやめていた。もっと確実な情報を手にするまでは、何ひとつ、自分の頭に余分な予測をいれる気はなかったのだ。

二日にわたってフロリーの小さな小屋で休息をとり、屋根の下のかわいた床の上でたっぷりと眠り、フロリーの作った質素だがうまい料理をとりあえずちゃんと食べることができたので、グインの疲れはかなり回復していた。もともとけたはずれな体力もこのところの山火事と戦闘とその前の虜囚となっていた期間との、さまざまな難儀の連続で、グイン自身はそうと意識しておらずとも、かなりいためつけられてはいたのだ。しかし、それもこの二日間ですっかり回復しており、以前に倍する元気と精気がよみがえってきているように感じられた。グインはあたりにゆだんなく気を配りつつも、同時にこの小さな目立たぬ湖水のまわりのひっそりとした道の、ひそやかでのどかな景観を楽しみながらかなりの早足で歩いていった。

ガウシュの村については何も知らなかったが、ともかくも雨が池をぐるりとまわりこんでゆきさえすれば着く、とフロリーは告げたのだった。雨が池は、それほど大きな池ではなかったし、彼方にどうやらそれらしい集落の屋根が少しばかり、湖水の対岸からも木々のあいだにかいま見ることもできたので、グインはそれを目指して足を急がせた。フロリーたちは、フロリーが商売道具の焼き菓子を焼いたり、いろいろとつくろいものをまとめて、昼食をすませてからの出発になるのだから、まだかなり時間がかかるだろうし、おまけに幼い子供連れでもある。グインよりも先に対岸に到着してしまう心配はまずなかったが、グインは、いささか気に懸かっていたので、フロリーたちが到着する前に、ガウシュの村が安全な場所であるかどうかを確認しておきたかった。

ものの一ザンばかりも歩いていると、グインの足はまことに早かったので、ひと目でこれがおそらくフロリーのいった《お化け柳》であろうとわかる大きな木が、岸辺から池の水のなかに垂れ下がっているのが見えてきた。それは本当にひとかかえもありそうな大柳で、たけも高く、おそらく樹齢も何百年と経ていそうで、まさにこのあたりの木木の主、といった風格をもっていた。その木のうしろに隠れれば、一人どころか、大人が三、四人でも身をひそめていられそうだった。おまけに、その柳のおこぼれというわけなのか、そのお化け柳の周辺にはまたみっしりと小さな木々や草々が密生している。ほかのところよりもそのまわりは緑が濃く生い茂っているようだった。

グインはそのお化け柳を確かめると、またあらためて湖水からはなれ、こんどはかなり慎重に歩みをゆっくりにして、あたりのようすにきわめて気を配りながらガウシュの村落のほうへと歩き出した。グインはおのれのすがたをガウシュの村人たちにも、また、そこに逗留しているのかもしれぬなぞめいた一団にも見せたくなかったので、木々のあいまに身をひそめながら、ほとんど深い密林にひそむほんものの猛獣ででもあるかのように、からだを低くし、少しゆくたびにあたりのようすをうかがい、気配を読みながらごくごく慎重に村のある方向へ近づいていったのである。

やがて木々の切れ目が見えてきて、そこからそっとのぞいてみると、村落の近い証拠のような、きちんと耕作され、雑草もよくとったあとのあるガティ麦と野菜の畑がひろがっていた。小さな畑がいくつかにわかれている、ごく小さな耕作地ではあったが、その彼方には、明らかにまったく自然に生い茂っているものではない、人間の手の入っている果樹が立ち並び、そのむこうにある小さな家々の屋根をなかば隠していた。ガウシュの村についたのだ。

ここから見るかぎりでは、ガウシュの村はひっそりとしていて、何もかわったことが起きているようには思われなかった。ひとつ気になるといえば、あまりにもひっそりと静かすぎた。

(妙だな……)

グインがフロリーの小屋を出たのはまだひるまえだったし、ガウシュの周辺に到着したのとても、まだせいぜい、ひるを少しまわったくらいの刻限だった。たとえ男たちは耕作や、木こりだの、あるいは何かほかの仕事に出ているにしたところで、女たちは家に残り、男たちのために料理を作ったり、家事をしたりしていそうなものだ。そして、それがあるかぎり、なんらかの物音やにおいや、生きたひとのいる気配はあるはずだった。だが、いま、グインが目のあたりにしたガウシュの村はずれのいくつかの家々は、まったくひっそりとしずまりかえっていて、何の気配もしないし、物音もきこえない。

(………)

よくない予感がした。グインは、そっと、いつでも抜けるように大剣の柄に手をかけながら、思い切って耕作地のふちにそって一気にかけぬけ、果樹のうしろに飛び込んだ。そこにいったん身を隠してから、そーっと果樹と果樹のあいだをぬって、一軒の家に近づいた。家のうらては薪置き場になっていて、このあたりは山深いからきっと冬になると寒くもあるのだろうし、燃料となるものはこうして蓄えておかないと不自由なのだろう。家のうしろの壁にそってぎっしりと、ころあいの長さに切りそろえられた薪とそだとがうず高く積み上げられている。きちんと同じくらいの量づつ、荒縄でくくって積み上げてあるのが、この家の持ち主のきちょうめんさを思わせるようだ——だが、それはその家と並びあって建っているもう一軒の家もまったく同じことだった。この村の住人たちはみなきわめて勤勉で几帳面である、と示すかのように、きっちりとくくった、よく乾燥させた薪とそだとが、同じように積み上げられている。また、家の側面のほうには、こんどは、おそらく保存用の食料なのだろう、いくつもの木のタルがこれまたきちんと積み上げられていた。こちらからのぞける窓の外側にも、ずらりと、そこにつらねてかけて乾燥させているところなのだろう、赤い何かの果実を糸に通したものがたくさん、それにかごに入れた木の実などがかけならべてある。その外側には、それらの貴重な食糧を鳥どもにとられぬ用心なのだろう、するどいトゲのあるつるを編み込んだ鳥よけがめぐらしてあった。

すべてがひっそりとして、そしていかにも勤勉そうで、几帳面そうだった。だが、とにかくどこにもひとの気配もしないし、何の物音もきこえてこない。子どもの声もきこえぬし、ひっそりとただしんとしずまりかえったそれらの風景を、ひるさがりの木もれ陽が照らしつけているだけだ。

（まるで、廃墟だな……）

グインはそっとつぶやくと、さらに思い切って果樹と果樹のあいだから身をのりだした。見つかったらいつでもさっと果樹のかげに飛び込めるよう、マントのフードをあげてとりあえず顔を隠しながらゆだんなく、一歩、また一歩と家に近づいてゆく。うしろの壁の、薪の積んでない部分に小さな窓があるのがみえた。その下にさっとグインは這い寄ると、そろりそろりと上にのびあがり、窓のへりから中を覗き込んだ。

誰もいない。そこには、すきとおった寒冷紗のような布地を虫除けでもあるのだろう、一枚張ってあるだけで、その奥はごくかんたんにのぞけた。そこは、質素な木の寝台ふたつと木の机と、そしてちょっとした調度品しかない簡素な寝室のようになっているらしかったが、そこはひっそりと静まりかえっているだけだった。だが、寝室であるから、日中には無人であったところで不思議はなかった。

グインはさらに家と家とのあいだにもぐりこみ、せまいそのすきまに身をかがめて窮屈そうに家の前の側のほうへ進んでいった。そうしながら、ときたま足をとめて気配をうかがう。やはり、何の物音も気配もない。

壁に耳をおしあててみても、話し声もひとの気配も何ひとつしてこなかった。まるで、これは見捨てられたあの《無人の幽霊船》の伝説を思わせるかのような無人の家としか思われなかった。

　グインは、ついに、家と家のあいだから、表側へと抜け出した。そのあいまにもいろいろな耕作の道具などが押し込んであったが、それはまたぎこえ、そーっと首を出してみる。家の前は、この二軒は親戚か、あるいは親と子がそれぞれに家をたててよりそいあって住んででもいるのか、同じひとつの敷地のなかに建てられたようすで、前のほうには何もないひろい前庭があった。その左側に目をやってグインの目が細くなった。家が二軒並んでいる、その左側に、細長い一見してうまやとわかる建物があったが、それは前面は横に一本太い丸太をわたしただけで、屋根と両側とうしろの壁だけを張った、何本もの柱によって支えられた簡素な作りであった。だが、その大きさからすると、そこには当然三、四頭の馬がおさめられていなくてはならないのに、そのうまやには、一頭の馬もいなかった。一番手前の丸太がななめに下にはずされていて、いかにもあわただしくその中にいた馬をすべて引き出した、というようなようすに見えている。うまやのそれぞれのかこいの前には、木で作った餌箱があって、そこにはワラがそれぞれにひとかかえも投げ入れられていた。

　グインはかなり確信しはじめていたが、それでも慎重にそっと足を踏み出し、あたりの気配をうかがいながらフードをかしげて顔を隠しつつ、前庭に出た。隠れん坊でもしているような気分で、家の正面の窓からのぞきこむ——それから、ついに、一か八かの心を決めて、そっと右側の家の扉を叩いてみた。誰かが出てきたらすぐに小屋と小屋のあいだに飛びこんで身を隠せるようにそちらに身をよせながら、またひたひたと戸を叩く。

いらえはなかった。グインは、思い切って手をのばし、ドアをひきあけてみた。それは、何の抵抗もなく開いた。扉には、鍵がかかってなかったのだ。

グインは、剣の柄に手をかけたまま、家に入っていった。かなり大胆にはなっていたが、まだやはりきわめて細心に注意をはらっていた。家のなかは、基本的にはフロリーの丸太小屋とそれほどかわらぬつくりで、ただずっと大きく、室数もたくさんあった。だがそのいずれにも、ひとの気配もなかった。

グインは、いったん家のなかをひとわたり見てまわった。室は台所や貯蔵庫らしい奥の室も含めて八室くらいあったが、そのどこにもひとかげはなかった。それだけではなかった。貯蔵庫の扉はあけはなたれ、その中はほとんどからっぽになっていた。掠奪された痕跡はなかったし、死体がころがっていたり、血のあとや、たたかいのあとがある、ということもなかった――ただ、その家は、からっぽだった。

グインは台所にいってみた。台所では、まるで、途中であわただしくやめさせられた、とでもいうかのように、かまどの上にからっぽの大鍋がかけられたままになり、流しのところには、まだ洗っていない食器が積み上げられていた。まるで、そこに暮らしている何人かの人間たちが、べつだん何か大きな事件があってということではなく、ただ、ちょっとばかり好奇心にとらわれて外での騒ぎをききつけ、いまやっていたことをそれぞれ中断して飛び出していったままの状態、すぐに戻ってくるはずなのでちゃんと取り片付けたり鍵をかけてさえいない状態、といったら一番ぴったりしそうなようすだった。だが、グインのするどい目は、台所のあちこちにあるつぼや箱——おそらくは食料品が入っていたはずの、それもすべてあけられ、からっぽになっているのを見てとった。それだけが、異様といえば異様だった。

グインは、二つほどあった寝室にゆき、きちんとととのえられたベッドにどれにもぬくもりもなく、ひとが使った痕跡もないのを確かめた。それはすっかりひんやりしていて、かなり長期間そのままになっていたと見えた——といっても何日も、というようなことではなさそうだったが。少なくとも、けさ起き出してベッドを片付け、そのまま出ていった、というだけではないような、ちょっとひんやりした感じがあった。

グインはその家を注意深く出て、となりの家にゆき、ドアをたたき、それから返事がないのを待ってその家に入っていって、同じ探索を繰り返した。この家ととなりあって建てられているもうひとつの家も、まったく同じ状況であった。無人で、そして、掠奪されたあとはないが食品だけがまったく残されてなく、そしてあちこちがすべてやりっぱなしになっていた。

グインは考えこみ、それからそっとまたその家を出た。前庭からもう、ちょっとはなれたところにある別の、ちょっと大きめの家の三角形の屋根がよく見えている。このあたりは、耕作地を外側に集めて、家々のほうは何軒かづつが、比較的身をよせあうようにして近く建てられているようだった。

グインは、またいやが上にも注意を払いながらその、ここから見えていた隣の家のほうへゆき、慎重に近づき、中の気配をうかがい、そして誰も出てこないのを確認した上でその中を調べた。やはりそこも同じく無人であった。

グインは、少し探索の速度をあげ、そのかいわいに寄り集まるようにして建っている数軒の家を次々に調べた。しだいに大胆さを増してきたが、それでも姿をうかつに見られぬよう、ものかげに身をかくし、そっとのぞいてみてから移動するのは忘れなかった。だが、いずこも同じであった——どこにも、人っ子ひとりの姿もなかった。ガウシュの村は、無人になりはてていたのだ。

もう、かなりの確率で、大きくもないガウシュの村そのものが全体がそうなってしまっている、と信じてもよさそうだったが、グインは、なおも慎重に、一軒一軒調べていった。どこの家にも、このあたりではどこかへ足をのばしたり、また耕作のためにも不可欠なのだろう、うまやがあったが、そこにも一頭の馬さえも残されていなかった。いずれももともとは馬がいたうまやの仕切り板をあげて、馬を連れ出したか、逃がしたかしたように、餌箱などもそのまま、うしろにかけてある耕作用のすきなどもそのままにしたまま、馬だけがいなくなっていた。

だが、どこにも流血のあとも、また何か狼藉が働かれたという痕跡もなかったし、むろん死体などもなかった。突然にガウシュの村人たちが気を変えてふらりとこの村から出ていってしまったかのようだった——それこそまさしく、あの《死の船ユーレリア号》のサーガそのものが、陸上のものとなってかえってきたかのようだった。

フロリーからきいたガウシュの村の規模はわずか十五戸ばかりがよりそいあってひっそりと暮らしているという、ごくごく小さなものにすぎなかった。グインはそのあたりの家々をひとわたり調べた。ひときわ大きい、この村の長かなにかの家かと思われる二階家もひっそりとしていた。ひとつのベッドの上には、きれいなししゅうのあるブラウスと、藤紫色のレースのふちかがりをつけた前掛けとが投げ出されたままになっていた。

グインはどうやらもうこの村はすべて無人になってしまったものと判断した。

そっと、その一番大きな家を出て、グインはさてどうしたものかと考えをめぐらせた。まだ外に出てみると太陽は中天にあり、おそらくはマリウスたちは、そろそろ湖水を漕ぎ渡ってくるころかと思われた。グインは考えこみながら、船つき場のほうへ戻ってゆこうとしかけたが、そのとき、これまでずっと人っ子ひとりいなかったはずの村の、ちょうどたまたまグインがさいごに調べたやや小さい家のなかから、ガタンというひそやかな音が聞こえてきたので、はっと剣の柄に手をやりながら、同時に木のかげに飛び込んだ。

ドアがあいたままになっていたその小さな家のなかから、ふいに、グインがこのあたりにやってきてからはじめて見た、人間の顔が首を出した。それは、まだ若い娘のおどおどと怯えきった顔であった。髪の毛を黒い布でくるみ、黒い粗布ですっぽりとからだをおおった異様なすがただが、顔はまだ若い娘――それもまだ十二、三にしかならぬ小娘のそれであった。少女は、そっとあたりを見回し、それからそーっと家から出てきたかと思うと、しくしくと泣き出した。

グインは、一瞬迷ったが、肚を決めた。

「おい」

木のかげに身をひそめたまま低く声をかける。少女は飛び上がった。

「だっ、誰っ?」

「この村のものか?」

「ま、まだいたの? ごめんなさい、許して、ゆるして下さい。お願い、連れてゆかないで」

「違う、俺は味方だ。――お前はこの村の娘だな?」

「み、み――味方?」

「そうだ。――だがちょっとその――俺を見ても、驚かないでくれるか？」

「何を……いってんだか、よくわかんないけど……おねがい、味方だったら、たすけて。怖い、怖いのよう。怖い」

「お前――名はなんという」

「あ、あたし？　あたし……ルミア」

少女はおずおずと云いながらしきりとあたりを見回し、声の出所を知ろうとしているようだった。

「この村の――かじやのサイスのむすめのルミア。ねえ、だれ。だれなの。どこにいるの。隠れてるの？」

「ああ。ちょっと、人に見られると困るわけがあるのだが、ルミア、俺を見ても卒倒したり騒いだりせぬと約束してくれるか」

「何のことか……ぜんぜんわかんないけど、お願い、助けて。こわいことが……こわいことがおきたの。とても……とてもこわい……ああ、だれもいない。おかあさんもおとうさんも、だれもいないよう」

「どうやら、容易ならぬことのようだな、ルミア。――俺の体面だの、考えている場合ではなさそうだ」

グインは思いきって、外に出、少女のまえにすがたをさらした。少女は一瞬悲鳴をあげかけて、口に手をつめこんで必死にこらえた。

「あ、あ——あなた、だ——だれ？」

「俺は旅の者だ。名はグイン」

「グイン？」

「ああ、そして、こういう異形をしているが、どうか驚かないでくれ。あやしいものではないのだ」

グインは思いきってフードをうしろにはねのけた。少女の目がまんまるくなった。

「ひいいい……ば——化物……」

「ではない。俺は人間だ。ただたまたま皆とは少しばかり、見かけが違う——まあ、魔道の術をでもかけられたと思ってくれればよい」

「その——ひょ、豹頭……魔道をかけられて……そうなっちゃったの？　そうなの？」

ルミアはふしぎなことに、そうと聞くと急に同情したようで、悲鳴をあげたり、おじけづいたりするのをやめた。そして、いかにもいたわしげにそっとグインに近づいてきた。

「そうなの？　だったら可愛想。あたしもミロクさまに、その魔道がとかれるように祈ってあげるわ。ねえ、おじさんは、悪い人？」

「いや、そうではない。俺は、ガウシュの村がどうなったか見てきてほしいというフロ、いやローラの頼みで偵察にきたのだ。ローラを知っているだろう。雨が池の向こうに赤ん坊のスーティと一緒に住んでいるローラだ」

「ああ、きれいなローラさん。仕立て屋さんで、お菓子やさんの」

ルミアはこんどは、かなり信用したようすでうなづいた。

「知ってる。おじさんは、ローラさんの友達？」

「そうだ。ローラはきのうガウシュの村で、おかしな一団が入ってくるときにここにいて、逃げるようにとヒントンの奥さんにいわれて湖水を渡って逃げた。だがけさになって、なんだか胸騒ぎがしてしかたがないから、いったいガウシュの村がどうなったのか、偵察してきてほしいと、俺に頼んだのだ。俺はローラの家に逗留しているものなのだが」

「そうだったの……」

ルミアは何の疑いもなくその話を信じ込んだようすで深くうなづいた。それから急にせきこんだ。

「おねがい、おじさん、大変なの。どうしたらいいか、あたしわからない。大変なことがおきたの」

「どうした。落ち着いて、順序よく話してみるがいい」

「あたしは——よくわかんないの。その……そのローラさんがきたときのことは、知ってるわ——ヒントンのおじいさんが、吟遊詩人がきたから、あとでみんなききにくるといいって、ふれをまわさせにきたから。それに、あたし、ローラさんがこんどきたら、何かおかあさんが、あたしにあう教会行きのドレスをみつくろって仕立てて貰うか、おかあさんの服を直してあたしのにしてくれるといっていたから……楽しみにしていたの。それで、ローラさんと吟遊詩人がきたというので、大急ぎでうちを出ようとしていたら、となりのニガスおじさんがかけこんできて、うちを出てはいけない、変な連中がやってきた、トマスの耳を切っちゃった——なんだか気味の悪い傭兵たちみたいなのがきて、食糧を出せといってる、っていいにきたの。おとうさんはいまちょうど山へ出かけていたものだから、おかあさんはとても怖がってね。すぐにあたしに、ルミア、地下室に入って、おかあさんがいいというまで出てはいけないよ、といって——おなかがすいたらこれを食べて、とにかく静かにしているんだよ、傭兵たちなんてものはもしかするとても柄が悪いかもしれない。そういうとき、一番ひどい目にあうのは、お前のような若い女の子だからね、っていって——いくつかガティのまんじゅうとお菓子をくれて、地下の食料庫にあたしをおしこめたの。——うちには地下室があるのよ。ああ、あっちのサイラスさんのうちにもあるけど。それで、あたし、地下室にもぐって、じっとしていたの。地下室に入ってあげぶたをしめてしまうと、もうなんにもきこえないのよ。だけどいつまでたってもおかあさんが呼びに来てくれないから、あたし、心配でしょうがなかった。――それから、とうとう夜になっちゃって――あたし知らないあいだに泣きながら眠っちゃった。それから朝になったら地下室にも少しだけ光がさしこんできて、それであたし、また残ってたまんじゅうを食べたけど、もうなくなっちゃったし、おそろしくてしかたなかったけど、そーっとのぞいてみたの。そしたら、どうでしょう。おかあさんも、ほかのひとも、だれもいなかったの」

「そのときは、朝になったばかりだったのだな」

「そうなの。朝がきたからそっと出てみたら、もう誰もいなかったの。あたしびっくりしてほかのうちもそーっと見てまわったんだけど、どこにも――ガウシュのひとたちどこにもいなくなっちゃった」

ルミアは恐ろしそうに身をふるわせた。そして、そのときの恐怖を思い出したようにまた静かに、力なく啜り泣きはじめた。

4

「泣くな、ルミア」

グインは低く云った。

「泣いている場合ではなさそうだぞ。もうちょっと、お前の知っていることを話してくれ。——何も確かに、お前は、おもてで、悲鳴だの——村人たちがいろいろなんというか、つまり——」

「何も、戦ったり……掠奪されてたりするようなそんな音はしなかったよ、ええと……」

「グインだ」

「豹頭のグインおじさん。もしそうだったら、おかあさんがひどいめにあっているようだったら、あたしも飛び出していって、一緒に殺されたと思うんだけれど、何の物音もしなかったの。だから、あたし、ずっと待っていたのだけれど」

「そうだったのか。それでどうした」

「そのあと、ずっと、どうしたらいいのかわからなくて——ガウシュのひとたちがみんな消えてしまったのかしらって思って、むしょうに怖くなって、ずっとミロク様にお祈りをしていたの。だけど、そうしたらそこにひとの気配がしたから、またいそいであげぶたのなかに飛び込んだの。——それは、おじさんだったんだわ。だれかがうちん中を歩き回ってるみしみしという音がして、それからそれがなくなった。——あたし、とうとう、あんまり怖くもあったし、このまんまじゃあ気が狂ってしまうと思って、飛び出して、それで……おじさんと会ったのよ」

「そうか。それは怖い思いをさせて気の毒だったな。お前は、いくつだ、ルミア」

「あたし？　あたし今年で十二歳よ」

「そうか。それにしては随分としっかりしているものだな。こんな恐しい目にあったら普通の子どもならばもっと騒ぎたてたり、泣きわめいたりするだろう。だがお前は話し方もきちんとしていて、落ち着いている」

「あたしは、敬虔なミロク教徒だから」

ルミアは云った。そしてそっとほそい両手を組み合わせた。

「ミロク様のみ教えに従うものは、いたずらに騒いだり、いのちを惜しんだりしてはいけないの。——ミロクの教えに忠実にしたがっているものは、死んだらミロクさまのみもとにゆけるのだから、死は少しもこわがることではないのよ。——それに、いたずらに大騒ぎをすることは、ミロク様のみこころにかなわないの。――ミロク様は静寂の神様といってね、静かで冷静なのがお好きなのよ」

「その考えには俺もおおいに賛成だがな」

グインは賛意を表した。

「だが、もういくつか聞かせてくれ。村からすべての馬がいなくなっている。お前は、馬のいななきとかはきかなかったか。ミロク教徒の村とはいえ、馬までがミロク教徒なわけでもあるまい」

「そういえば――馬は最初のうち、とてもあちこちでひんひんいなないたり騒いだりしていたよ。でもそのうちしずかになった」

「ふむ。それはきのうのうちのことだな」

「そう。でもそれもそんなにたくさんきこえたわけじゃないの。――だってうちはガウシュの村のなかでも、わりと村はずれのほうだし、となりのニガスのおじさんのうちのほかは、わりとはなれてるでしょう。だから、そんなに――この村の中心といったらやっぱりヒントンさんのおうちだと思うよ。あのほら、五軒よりあつまってるあたりのまんなかにある大きな二階建てのおうち。そこからはずいぶん遠いから、なにも聞こえなかったのかもしれないけど」

「荒々しく掠奪をされたようではない――だが、食べ物はすべて持ち出されている。衣類や金目のものには手はつけていない」

　グインはつぶやいた。

「それに少なくとも、この村のなかでは誰も抵抗したり殺されたりしたようすはない。——馬はすべて連れ出されている。——おそらくは、これは、掠奪というよりは、徴発された、と考えたほうがいいのだろうな」

「ちょう——なに？」

「食べ物や馬や人手を軍隊が強引に一般庶民から集めていった、ということだ」

「ガウシュの……ひとたち全部を——？」

　ルミアの目がまんまるくなる。彼女はふるえながらそっと黒い布をほどき、身を包んでいた黒い粗布をぬいだ。そうすると、そばかすが浮いた頰をしているが、赤っぽい茶色の髪の毛を三つ編みに両側にたらした、なかなかかわいらしい少女だった。質素だがいかにもこざっぱりとした青い服を着て、白いよく洗いざらした清潔な胸あてつきの前掛けをかけている。

「あの——きのうトマスの耳を切ったという、その傭兵たちが、おかあさんや——ガウシュのひとたちみんな、連れていってしまったの？」

「と、考えるのが一番自然だろう。——お前だけかな、それからまぬかれたのは。俺はざっとこの村のなかは調べてまわったがほかには誰もひそんでいる気配はなかった。さもなければまだ警戒してまったく出てこようとしていないものが隠れているかもしれないが」

「でも、地下室があるうちは少ないし、それに、ガウシュにはそんなに若い子はいないから」

ルミアは考えこみながらいった。

「ねえ、グインさん。あたしどうしたらいいの。おかあさんたちは、どこに連れていかれてしまったの」

「それがわかれば苦労はせぬ。が、とにかく少しこのあたりを調べてみよう。いかにガウシュの村が小さいといえども、十五戸あれば、それなりに——そこにそれぞれまあ三、四人の人間がいたとしても、全部で四、五十人にはなるはずだ。それだけの人数の人間と馬を連れ去ったのなら、街道に出るまでにそれなりの痕跡は残っているだろう。俺はそれを追っていってみることにするが、そうだな。——お前はどうしたものかな。おお、そうだ」

「…………?」

「いま、ローラと連れのものが、湖水を小舟で漕ぎ渡ってこちらにくるところだ。かれらがきても平気かどうかを偵察に、俺だけが先に歩いて雨が池をまわりこんできたのだ。——お前はとりあえず俺と一緒にくるがいい。ローラのところならば、しばらく一緒にいられるだろう。お前はローラを知っているというし、あれは親切な気のいい女だ。お前の母やガウシュの村人たちがどうなったか、俺が確かめてくるまで、お前はローラのところに身をよせているのが一番安全だろう」

「わ、わかったわ……でも……」

ルミアはさすがにまだ幼いらしく、ひどく不安そうな顔をした。

「おかあさん大丈夫？　なんか、あの傭兵たちにひどい目にあっていない？　ガウシュの人たちもみんな……おとうさんはどうしたのかしら……おとうさんは、山に薪とりにいってたから、戻ってきたんなら夕方くらいだったはずなんだけど、うちにはだれも全然帰ってきたようすがなかったの。——どうしたんだろう」

「もしかしたら、村の入口に少し兵をおいて、戻ってくるものをもらさずあとから連れ出したかもしれん。——少なくとも、半端に残しておいて、そのものたちに誰かかどこかに助けを求めにゆかれると面倒くさい、というようなことを考える連中なら、そのくらいの警戒はしただろう。ひとつの村そのものをこうして連れ出してしまおう、というようなことを考える連中だったらたらな」

「グインさん。あたし怖い」

ルミアはいきなり、グインに抱きついた。

「このまんま、みんなかえってこなかったら、あたし、どうしたらいいの？」

「落ち着け。とにかく、いったいかれらがどうなったのか、また、あの傭兵たちというのはいったいなにものなのか、それをつきとめぬことには、俺も動きがとれぬしな。また、もしかしたら、可能性のひとつにすぎぬが、何かの使役に——たとえば食糧を運ぶといったような、それに馬と男たちがかりだされ、女たちはそれについていったか、あるいは女たちは別の使役のために連れてゆかれた、というようなこともあるかもしれぬ。その使役がすんだらかえしてくれるという可能性もすべてないというわけではない。——ただとにかく最大の問題は、このようなことをした相手の素性が何も知れぬということだ」

「いったい、誰が？」

ルミアの目は大きく見開かれていた。ミロク教徒を名乗るだけあって、ふつうの同い年くらいの女の子たちよりははるかに落ち着いては見えるけれども、それでも、まだ十二歳の少女にとっては、このような出来事はあまりにもとてつもない恐怖にみちた試練に違いあるまいと察せられた。もしも村人たち——あるいは家族に何かあった場合、彼女は文字どおりガウシュの村のただひとりの生き残りということになってしまうのだ。

「俺では警戒されるだろう。お前、ちょっと大変かもしれぬが、ガウシュの村のなかの、そういう隠れ場所をもっていそうな家があったら、そこにいって、もう悪漢たちはとりあえず村人を連れていってしまって、出てきても大丈夫だ、とふれて、残っているものたちをここに連れてきてはくれぬか。いくらなんでも、おそらくかなり年のいったものだの、足腰のたたぬようなものだのは、連れてゆかなかっただろうというのが俺の考えだ。だから、たぶん、お前と同じように、隠れていろといわれてじっと隠れて難のすぎるのを待っていたものもいるに違いない。もしそういうものたちが何人かいるのなら、湖水を渡ってローラの家にゆくまでもない。ここで、そういうものたちどうしがよりあつまっていたほうがお前も心丈夫だろう。ちょっと大変だが、いってきてくれぬか」

「わ、わかりました。——ミロクのみ教えに、つねに勇者であれ、正しきことをなすために、臆するべからず、というのもありますから、いってきます」

ルミアは健気に云った。そして、一生懸命なようすでかけていった。

グインはそれを見送り、なおも、何か異変の手がかりを示す痕跡はないかと、あちこち調べまわった。ことに注意をはらったのは、ルミアが村の長のヒントンの家だ、といった二階家であった。

「グインさん。ロウさんちのおばあさんだけが残っていたよ」

ルミアがややあってグインを探してかけもどってきた。

「でも、ロウさんのおばあさんは寝たきりで、おまけに全然何もわかんないから、何を話しても、あうあうするばかりで、なんにもわからないの。だから、あたしじゃ連れてこられないし、連れてきてもしょうがないと思ってそのまんま寝かせときました。おばあさんは、なんだかとても弱っていたみたいだったけど、おばあさんはひとりじゃごはんが食べられないから、きっと、寝たきりで何もわかんないまんまで……どうしたらいいかしら」

「食べ物という食べ物はこの村からは奪いとられてしまったようだ」

グインは唸った。

「仕方ない。いまローラがきたら、何か食べ物を持っているはずだ。それをそのばあさんに食わせてやって、それに出来ることなら、そのばあさんも連れていったほうがいいんだろうが、そうしていると小舟には乗りきれないということになるな。――いったん食事をさせておけば、また明日くらいまでは、腹は減らしても飢えて死ぬようなことはあるまい。だが、そのおばあさんが残っているということは、お前とローラで覚えておいてやるといい」

「わ、わかった」

「ではこちらにこい。お化け柳の下でローラと約束している」

「ちょっと待ってね」

少女はかけていって、自分の家に戻っていったが、戻ってきたところを見ると、小さな緑色の背表紙の本を手にしていた。

「ミロク様のみ教えを書いた『みことばの書』を持ってきたの」

少女は説明した。

「これさえあれば、どこでもお祈りできるから。なんだか、お祈りしていないととても不安な気持ちがするの。それにローラさんも敬虔なミロク教徒だし。——なんて恐しいことがおこったの。これは、どうなってしまうの」

「俺に聞くな。俺にはわからん」

グインはやや無愛想にいったが、それから後悔して付け加えた。

「ともかく、本当に狼藉をはたらく連中なら、まわりくどく無血のまま連れ去ったりしないでこの場で掠奪なり皆殺しなりしていたはずだ。それをしないで連れ去ったということは、たぶん使役の役にたてたり、そちらの目的のほうが大きいのだろう。まだ、それほど、とりかえしのつかぬ事態になっているだろうとは俺には思えぬ。とはいえ、このあと時間がたつとどんどんそうなってしまうだろうことはどうやら確かなようだな」

「グインさん。怖い」

「大丈夫だ。そのミロクとやらに祈りを唱えていろ。お前は強いから大丈夫だ」

グインは少女をつれてお化け柳のもとに下っていった。ちょうどいいころあいであった。湖水をこちらに向かって漕ぎ渡ってくる小さな小舟と、その上でこちらにむかって手をふっているフロリーのすがたがみえた。スーティがグインのすがたを見つけてぴょんぴょんと興奮して飛び跳ねようとしては、フロリーに叱られている。小舟をこいでいるのはむろんマリウスだった。

「グインさま」

フロリーは、小舟がお化け柳の近くにつくのも待ちかねたように手をさしのべ、声をあげた。

「どうなりましたの。ガウシュの村には何かあったんですの」

「ともかくいったん陸にあがってから説明してやる。綱をこちらに投げろ。引き寄せてやる」

「は、はい」

「待って、ぼくがやるから」

マリウスはすばやく、へさきにぐるぐると巻いておいてあった綱の先をグインめがけて投げた。グインはそれをすかさずつかみとり、ぐいぐいと引き寄せて、小舟を乗り手ごと岸に引き寄せた。マリウスが棹を岸辺の泥のあいだにぐっと突き刺し、それにともづなをぐるぐるまきつけて、それから身軽に岸に飛び上がってフロリーから荷のかごを受け取る。グインはスーティを抱き下ろし、それからフロリーに手をかしてやった。

「ああ、ローラさん！」

いきなりルミアがわっと泣きながらフロリーにむかって飛びついていった。やはり、グインの前ではずっと我慢をしていたにすぎなかったのだろう。それも無理はなかった。

しっかりしているとはいえ、彼女もまだ十二歳の少女でしかないのだ。

「あら、まあ、ルミアちゃん、いったいどうしたというの」

当然のことながらフロリーもルミアをよく知っているようだった。

「どうしたの。心配だわ。ガウシュはどうなってしまったの」

「どうやら、昨日のその例の騎士団、光の騎士団と称する連中が、ガウシュの村人たちを、この娘とあと寝たきりの老婆ひとりだけを残して、みな連れ去ってしまったらしい。食料品もみな持ち出されているし、馬も一頭もいない。――その騎士団だ、と断定するわけにはゆかないが、それが何もせずに立ち去ったあとに、もうひとつ、別の傭兵たちが偶然にもこの村を訪れた、などと考えるよりは、はるかに、その騎士団がしたことだと考えるほうが妥当だと思う」

グインは重々しくいった。フロリーは叫び声をあげた。

「ル、ルミアちゃんとおばあさんだけを残して！　ぜ、全員ですの？　そんなことって」

「この娘は、母親の機転で、地下室に隠れていて、それで助かったらしい。今朝までずっと隠れていたが、誰も声をかけてくれないので、たまりかねて出てきてこのようすを発見したらしい。村は完全に無人で、伝説のユーレリア号のように――」

グインは妙な顔をして口をつぐんだ。

「ユーレリア号なんて、知っているの。ずいぶん、古いサーガをよく知っているんだね、グイン」

マリウスが、きらりと目を光らせた。

「何か思い出したの」

「いや、わからぬ。——ただ、そのことばがふいっと頭にのぼってきただけなのだ。だが、それはでは、正しい言い方なのだな」

「そうだよ。ユーレリア号は沿海州のアグラーヤを出帆し、そして魔の海域といわれる《藻とクラーケンの海》ガルブロンゾー海域で難破して行方不明になった船だよ。次に見つけられたとき、その船は、ついいましがた人々が船からふいっと全員すがたを消しただけだ、というように、ゆげのたつ料理をテーブルの上にならべ、配りかけのカードだの、途中まで書いた手紙だのまで残したまま、まったくの無人でコーセアの海を漂流していた。それきり、ユーレリア号の乗組員の運命を知るものはいない——古いが、とても有名な伝説だよ。だけれど、どうして、グイン、そんなことを知っていたの」

「わからん」

むっつりとグインは云った。それから首をふった。

「だが、いまそれを追及しているいとまはない。ともかく、俺はそのガウシュの村人たちを連れ去った連中を追っていって、村人たちの運命をつきとめ、場合によっては助け出してやらねばならぬ。このままこうしておくわけにもゆくまいからな。フロリーのこともあるし。——だが、その前に、フロリー、ちょっと頼んでよいか。この娘を預かっておいてほしいのと、それとこの娘がいうには、どこやらの家で、寝たきりのばあさんで何もわからない者がいるが、そのばあさんはどうやら飲まず食わずで放置されていたようなのだ。それの面倒をみてやって、この村の食糧という食糧はすべて持ち出されているようだから、この子とそのばあさんに食べ物をあてがってやり、それから、そのばあさんは仕方ないので自分の寝台に寝ているままにさせておいて、この子とスーティを連れて、湖水のむこうのお前の家に戻っていっておいてほしい」

「戻るんですの？　そのほうが、よいのでしょうか？」

「たぶんそうだと思う。あの傭兵たちがここに戻ってくるという確証はないし、お前の家が見つからないとも限らないが、しかし、ここに戻ってくる確率とお前の家をわざわざやつらが探し出す確率を考えると戻ってくる確率のほうが高い。それに、自分の家なら、スーティも落ち着いていられる。マリウスに一応護衛——とはいわぬまでも、ついていてくれるよう頼んで、俺はガウシュの村人たちについての手がかりを探してみようと思うのだが」

「ぼくも、グインと一緒にいったほうがよくはない？」

「いや」

きっぱりとグインは首をふった。

「お前がいれば、はえぬきのそうした傭兵たち——あるいは山賊かもしれんが、それらに対して、なんらかの防衛になるとは思えぬ。だが、それなりに、フロリーの心の支えにはなってやれるだろう。それに少しでも人数が多いほうがいい。本当はそのばあさんも連れていってやったほうが親切なのだろうが、あの小舟にはそんなには乗れないだろうしな。この娘なら軽そうだから、まだなんとかなるだろう。——そうして、フロリーの家にたてこもって俺の戻るのを待っていてくれるがいい。そうしたら俺が、ガウシュの村人たちのことを調べて、救出するまではいかずとも、ともかくどうなったのかの知らせをもたらしに戻ってゆく」

「おお、なんということでしょう。ミロクさま」

フロリーは思わず両手をあわせた。スーティが真似して小さな手をあわせる。あわててルミアも手をあわせた。

「ミロクさま。あたしたちの村をお守りください。平和な暮らしを返してくださるよう、どうか、どうかお守り下さい」

「ミロクさまより、このさいはグインを拝んだほうがいいんじゃないかという気もするんだけど」

やや意地悪そうに、マリウスが云った。だが、フロリーの顔をみて後悔して付け加えた。

「ああ、ごめん、意地悪をいうつもりじゃなかったんだよ。ただ、どうも、なんでもかんでも神様のみこころ、といわれるとどうもちょっとね。――ミロク教徒じゃないものだから、ごめんね」

「いえ、いいんです」

フロリーは悄然としていった。

「それに、グインさまにも、マリウスさまにも――わたくしが、ガウシュの村のことをいったりしたので、こんなことにまきこんでしまって――わたくしとても心配なんです。もしも、これでなにか大変なことになりでもしたら――」

「もう、なってるといっていいんじゃないの？　なにしろひと村全員がいなくなってる、小さいとはいえひとつの村全員がユーレリア号と同じ運命をたどってるなんて、そうめったにあることじゃあない」

マリウスは云った。

「わかったよ。ええと、この子は」

「ルミアです」

「ルミアちゃん、可愛い名前だね。ぼくは吟遊詩人のマリウスだ。ちょうどこのフロリーさん、あ、いやローラさんのおうちにグインといっしょに滞在していたんだけれど、そういうことなら、とにかく小舟にのって湖水の向こうにいって、彼女のうちに身を隠していよう。そこならたぶん、街道からもかなり引っ込んでいるから安全だよ」

「でも、その前に、ロウのおばあさんを助けてあげて下さい」

心配そうにルミアは叫んだ。

「おばあさんはきっともう、一日もなんにもたべてないんです。——それから、食べ物、ローラさん、うちの地下室は荒らされなかったから、まだ少し何かあるわ。それ、持ってきましょうか？」

「そうね。そうしてもらえれば——でもおかしいわね」

フロリーは眉をひそめてグインを見上げた。

「その兵隊さんたちは、食べ物を全部供出しろ、といったんでしょうか。でも、ルミアちゃんは何もそんな掠奪みたいな騒ぎは聞かなかったんですのね」

「ここはミロク教徒の村だから」

ルミアはくちびるをかんだ。

「困っているから食べ物を差し出せ、と頼まれれば、自分たちから、差し出すと思うわ。だって、ミロク教徒は困っているひとたちを助けてあげるのが戒律なんですもの。おかあさんも、地下室にあたしを入れるとき、ここだけは内緒にしておこうね、お前はまだ小さいんだから——でも本当はこれは戒律にはそむくんだけれどね、って云っていたわ」

「村人たちが自分から食べ物を供出したにしても、その後自分たちが飢えてかまわぬという法はないだろう」

グインはむっつりと云った。

「それにともかくこの拉致だか、徴発だか知らぬが、それはかなり無法な気がする。ともかくいってみる――待っていてくれ。それほどたたずに何か手がかりがつかめるだろう。大勢のことゆえ、まだそんなに遠くにいってはおらぬかもしれん」

第二話　風の騎士

1

そのようなわけで、グインはただちに単身謎の騎士団のあとを追ってゆくこととなった。

といったところで、ルミアはかれらがどちらからきて、どちらへいったかさえも知っているわけではない。グインはいろいろ考えて、まずは教えられたこの村の長のヒントンの家に手がかりを求めて戻ってみた。そこが無人であることはすでに確認してあったが、こんどは家のなかではなく、外側を詳細に調べ直したのだ。ここでもうまやの仕切板があけはなたれ、馬たちがみな連れ出されたようすがあって、中庭の土が沢山の騎馬に踏み荒らされた痕跡も残っていた。

幸いに、きのうの夜からけさにかけてはいたってよい天気であった。グインは、うまやのなかから中庭の土の上に続いている馬のひづめのあとをたどり、それが庭の出口からそのまま西のほうへ続いているのを確かめた。そのあとはもう、この集落の中心部から外へ続く細い道も、耕作地のあいだを抜けてゆく道も、いずれもおびただしいひづめや人間の足跡がついてはいたが、それがきのうのものであるという保証はなかった。グインは、一か八か賭けてみることにした。

すでにルミアとフロリーたちは、マリウスに連れられて、ロウ家の老婆の面倒をみるために姿を消していた。グインはかなりの不安を抱きながらも、そのままなるべく足を急がせて西にむかった。

ほどもなく、集落からのびている道が、脇街道らしい赤いレンガじきの街道に合流する地点までできて、グインははっと目をほそめた。その合流地点の手前あたりに、あたりの緑やその赤煉瓦の色とははっきりと違う何かを見つけたのである。すばやく目についたそれを拾い上げて、グインはそれをあらためた。それは、まだ汚れていない白い、ふちにレースのかがり縫いのついた手布であった。グインはしばらくそれをためつすがめつしていた——だが、それはかなり最近に落とされたものだ——故意にか偶然にかはわからないが——と判断した。もうちょっと時間がたっていれば、雨だの、また土ほこりに汚されてもうちょっと汚くなっているだろう。だがその手布はほとんどまだ新しく洗濯のゆきとどいたままだった。

(拉致された村人の、たぶん女の誰かが、万一自分たちのあとを追ってきてくれるものがいれば手がかりになるようにと、落としていったものかもしれぬし——偶然落ちただけかもしれぬが……）

しかし、それでも、それは、つい最近に誰かがそこを通った、というはっきりしたあかしではあった。そして、このあたりは、いまグインがそうして立って見回していてもわかるように、めったなことでは人っ子ひとり通りかかるものではない、山深い、山のふところにいだかれた明らかに忘れ去られた街道だった。街道とはいっても、赤レンガはいったい何年前に最終的に補修したのか、知れたものではない、といった感じで、あちこち欠けたり、けずりとられたりしてでこぼこしている。

グインはその手布をそっとかくしにしまいこむと、またそれに力を得て、おのれの信じた西の方向へ、街道を進んでいった。このようなときに馬があれば、と限りなくもどかしいが、そうも云っておられぬ。

見渡すかぎり、人影も、むろん遠いところを大勢が進んでいることを示す土ほこりのようなものも何ひとつなかったが、グインはためらわずに先へ、先へと足を急がせていった。同時にまた、誰もいないといっても、周囲への警戒はおさおさ怠らず、つねに、不審な気配を感じたらただちに街道わきの草むらに飛び込めるように用意していた。

だが、それから一ザン、いや二ザン以上単調な街道がずっと続いた。グインはなおも足を速めて先へ進んだ。何も手がかりも、異変も、何ひとつかわったことはやってこぬかのようであったが、それから、いきなり、変化のきざしがあった。

グインは突然、自分がびくりとおののいたのを感じた。最初はどうしてそうなったのかわからなかったが、それから、急いで地面の上に倒れ伏すようにして、地面に耳をおしつけた。それもまた、なかば無意識な、内側からの命令に従うようなしぐさだった。

地面が伝えてきたのは、いくつかのひづめの音がこちらに近づいてくるらしい足音だった。まだかなり遠い。だが、グインは素早く街道から飛び降りて、少し斜めに低くなっている街道わきの草むらのなかにわけいり、そしてあたりを見回して、太い木のうしろに身をひそめた。おのれの派手やかな色あいの頭部が草むらのなかで目をひくことがないよう、マントのフードをあげ、マントに身をつつみこむようにしてじっとうずくまる。

そのまま、じっと息を殺して待っていると、やがてもう地面に耳をつけなくとも聞こえるくらいにはっきりと、遠くからだく足のひづめの音が近づいてきた。やがて、それはどんどん大きくなり、そして街道の彼方に小さないくつかの影がみえて、それもまたどんどん大きくなっていった。

それは西のほうから、ガウシュの村の方向目指して馬をかけさせている騎士たちであった。もう、グインの目には、馬上にある騎士たちも、そのよろいかぶとがみなばらばらであることもはっきりと見えた。そのかわり、一様にかれらは黒いマントをそのばらばらのよろいの上につけ、その肩から赤い長い布をなびかせていた。その姿に、すでにグインははっきりと見覚えがあった。マリウスとともに、もっとずっと北東の街道筋を歩いているときに出くわして、隠れてその通過を見守ったあの謎めいた騎士団のいでたちだ。それはもう間違いがない。

「待て！　止まれ」

グインの隠れている木を少し通り過ぎたところで、先頭にいた一騎の口から鋭い命令が発せられた。ただちに、そのうしろにつきしたがっていた五、六騎が馬をとめ、あがく馬の手綱をひきしぼって、赤いレンガの上を馬に足踏みさせた。

「確かこのあたりだったな？」

先頭の一騎が叫ぶのが聞こえた。道を確認しようとするらしく見えた。

「は。確かこの先まもなくに右手に入る細道があり、それをゆけばあの小さな村になったと覚えております」

「よし、ついて来い。今日中に、あの二人を見つけだし、そして団長殿のもとに連れ帰らねばならぬ。あまり本隊と離れすぎぬうちに戻りたい。まだ当分本隊はクレアの泉のほとりで待っていてくれるだろうが、夕方になれば出発してしまうだろう。それまでに戻りたい。急げ」

「は！」

　また、先頭の一騎が馬にムチをあてると、そのまま馬はたかだかといないて走り出し、他のものたちもそれに続いた。あっという間に、その小さな集団は赤い街道の彼方に姿を消していった。

　それを見送り、グインはするどく目を光らせた。

（今日中にあの二人を見つけだし――）

（そして団長殿のもとに連れ帰らねば――）

（あの二人、というのは……）

　かれらは別働隊としてその謎めいた《風の騎士》なるものの命令をうけ、戻ってきたのだろう。

　目指すは当然ガウシュの村――ということは、その《あの二人》というのが、ルミアと、そしてそのロウの老婆のことであるとは、グインには思えなかった。

（かれらは――村にきたところで、フロリーとマリウスを見て、そしてその《風の騎士》と名乗る男が、マリウスに何かちょっと気になる言いかけをした――なんとなく、素性がわかっているようなことを言いかけた、とマリウスが云っていた……）

（ということは……その二人、というのはフロリーとマリウスである可能性が高い……）

（その団長殿というのがたぶん《風の騎士》と呼ばれている――あの街道で見た先頭に

いたぶきみな仮面の男だろう。——マリウスの話では、そこにあらわれた、俺の見た五騎らしき者たちは、『かねがね、《風の騎士》殿がゴーラ王国の僭王イシュトヴァーンの不当にして残虐な支配を深く憎まれ、ついに兵をひきい、モンゴール独立奪還のため立ち上がられた、というううわさを風のたよりにきいて、なんとかそのご一統に参加させていただきたいと、ずっとずっとおんみをお探ししていた者』だと名乗った、ということだ——）

（そして、また、その男は、《風の騎士》のひきいる《光の騎士団》の噂は遠くオーダインまでも聞こえている。モンゴール独立運動の希望である、というようなことを云ったらしい……）

これは、おそらくは、ただのこのあたりに巣くう傭兵くずれの山賊どもが、自分を正当化する口実としてモンゴールの独立奪還、というような旗印を掲げているわけではなさそうだ——そう、グインは考えた。

（あの、なんといったか——そう、ハラスだ。あの若者も、モンゴール独立運動を率いていた首謀者だった——なるほど、いまのモンゴールでは、イシュトヴァーン・ゴーラの支配に対する反発が、もはや国じゅうが爆発しそうなくらい高まっている、ということか——）

（イシュトヴァーンは——どうなっただろう？　もう、モンゴールを出たのだろうか

?)

自分のおわせた傷からもなんとか生還して、とくにモンゴールを去って本来の都であるイシュタールに戻っていったのだろうか。それとも、まだ、トーラスにいて、これらの独立運動をなんとか制するためにあれこれと手を打っているのだろうか。

(だが――いずれにせよ……)

口でモンゴール独立運動を唱えているからといって、このような山間でひっそりと静かに平和に暮らしていたミロク教徒たちの村を、このようなかたちで村人全員を連れ去る、などということをしてよいわけはない。

いや、むしろ、モンゴール独立のために戦っている、と称するのだったら、そのモンゴールの人民たちをそのようにして徴発し、使役につかうのか、それともどうしたのかわからないが、村から連れ出すなどということはあまりにも乱暴だろう。グインの目には鋭い光が浮かんでいた。

しかしいずれにせよこれで、この道を西にとってきたグインのカンがあたっていたことは確かめられたのだ。グインはそろそろと木のかげから出て街道に戻った。そしてもうあの騎士たちのすがたがどこにもみえぬことを確かめた。たぶん騎士たちはガウシュの村を目指してあの道を右に入っていったのだろう。だが、そこで、グインは一瞬迷って足をとめた。

（もう、あれから二ザン近くたっているはずだ。——もう、とっくに、マリウスたちは小舟に乗って湖水を渡っていったはずだが——）

そうしていれば、おそらくあの騎士たちにせよ、あの小人数でただちに、湖水のほとりを大捜索してフロリーの、対岸にある小さな家——しかもこちら側からはまったく見えないのだ——を発見する、というところまではゆくまい。だが、もしも、まだマリウスたちが手間どってその老婆というのの面倒を見ながらガウシュの村にとどまっているとすれば——

（戻るべきか——？）

だが、考えていたのは一瞬だった。

（いや……もしもあの騎士どもがマリウスとフロリーを拉致して戻ってくるのだったら——いずれにせよ、かれらも本隊との合流を目指すわけだ）

（いまもしここで戻ってマリウスとフロリーを守ったとしても、その間にその《光の騎士団》の本隊を見失ってしまえば——ガウシュの村人たちの運命がどうなったかはわからぬままだ）

（それに、連れて戻れ、とはっきりと命じられたものであれば——たぶん生命に危害を及ぼすことはあるまい。マリウスが抵抗すれば、やむなくということもあるが、マリウスは決して抵抗はせぬ）

（それに、それなら——むしろ、俺が本隊に追いついて居れば——いつでも救出できる……三百五十騎ばかりの相手ならば俺一人でもなんとかなるだろうし——それに、むしろ、きゃつらの意図や正体などをしっかりと知っておいたほうが、このちのかれらの安全のためかもしれぬ。——その団長というやつは、なぜマリウスとフロリーを捕らえさせようとしたのか？　それに、ガウシュの村人をどうしてしまったのか？　もしかしたら、万々一だが、平和な意図であったかもしれぬという可能性さえ、ないこともない——）

もっとも、そのような可能性はかなり少ないだろうとは思ったが、しかしそれでも、すべての可能性を計算に入れなくてはならぬ、とグインは考えた。

（そのためにもむしろ、先に本隊に追いついて、俺が、村人たちはどうなっているのか、またその光騎士団というのはどのようなものなのか、実体を少し知っておいたほうがいいだろう。——また、五分五分ですでにマリウスたちは湖水を渡っている、という可能性も高いのだからな）

それだけとっさに考え決めると、また、グインはさらに足を急がせた。本当は、あの騎士たちの乗っていた馬を奪い取って、先を急ぎたいほどに気がはやっていたが、まだ自分の存在を誰にも知られたくなかった。

（それにしても、この赤い街道——）

（俺は、たぶんとてもよく知っていたのだろう。——最初にあらわれてきた瞬間に、おお、と思ったし——いや、マリウスと歩いてくる途中にも何回か赤い街道を通ることがあったが、そのたびにやはり、ああ、よく知っている景色だと思ったことだ。——俺は記憶を失う以前にもずいぶんとこの街道を、この赤いレンガを頼りに歩いていったことがあるのだろう）

はっきりと記憶がよみがえってこないで、すべてが薄い紗の幕の向こうにあるような感じがするのが、なんとももどかしかった。

（とりあえず——）

（あまり本隊と離れすぎぬうちに戻りたい。まだ当分本隊はクレアの泉のほとりで待っていてくれるだろうが、夕方になれば出発してしまうだろう。それまでに戻りたい）

先頭の騎士のいったことばが耳に残っている。クレアの泉、という地名に聞き覚えはまったくなかったが、それが、ここからさほどはなれた個所ではないらしいことがグインを力づけた。夕方になれば出発する、ということは、まる一日分というほどは距離が離れていないと考えてもいいだろう。

ただ、馬があれば——となおも思われたが、もうそれは思ってもしかたなかった。グインは、ただひたすら、歩き続け、焦慮のつのるままにしだいにほとんど駆け足のようになっていった。だが、それも、あまり一気に消耗してしまわぬよう、しばらくするとやめて、なるべくなみ足で歩いて、歩きながら体力をととのえ、それからまたしだいに足をはやめて歩いた。途中でごくわずか休憩したが、その間も気が急いてならなかったので、フロリーが湖畔の家を出るときに持たせてくれた水筒から水を飲んで少し休んだだけで、またすぐに歩き出した。

どこまでいっても、もう、人家もなければ人影ひとつなかった。どこまでもどこまでもそれは深い山々が続いているあたりだった。山は決しておそろしく高々と突兀《とっこつ》とそびえているわけではなかったが、しかし決してとぎれることもなく、平らな景観はまったくあらわれてこなかった。それゆえ、見晴らしがよくないことも、いやが上にもグインの気持をせかせていたかもしれぬ。

切り開かれた赤い街道の左右には、深い森の木々が緑あざやかに茂っており、そしてその森は分け入っていったらはてしもないのではないかと思われるくらいに、どこまでも続いているようにみえた。もっとも、あのルードの森のような、圧倒的な密林、大森林、という感じはまったくしなかった——むしろ、そのあと山火事に怯えながら抜けてきた自由国境のあたりの山々のようすと似通っていたが、だいぶん南へ下ってきたことになるのか、もうちょっと植物相などもかわってきて、なんとなくのびやかな、本来であれば非常に美しい、自然のめぐみにみちた高原地帯の山々なのであろうと察せられた。

（それにしても、こんな山あいまでも、きっちりと切り開いてこの赤い街道を敷いたものなのだな。——それだけでもたいへんな開発事業であったというべきだろう。この赤い街道はいったいどこまで続いているのだろう)

どこまでもどこまでも、山々のあいだをぬけ、まもなく都市がひろがってきても赤い街道はその都市のあいだを抜けて網の目のようにはりめぐらされ、そして四方八方にひろがってゆく——そのようなありさまを、グインは思い描いた。

またふたたび足を急がせて、どのくらいたったのだろう。

しだいに中天高くにあった太陽がかたむきかけ、ゆっくりと長い一日が終わりに近づこうとしはじめるころあいであった。ひるすぎにガウシュの村を出たのであるから、もうたぶん三ザンは歩き続けてきたのだろう。このところは日が長いが、さすがにそろそろ、遠くの空に日差しは衰えてきている。

(夕方になれば出発する——といったな。ということは、あの部隊は基本的には夜行動している、ということか)

おそらく、すがたを見られたくないゆえの夜間移動なのだろうかとグインは想像した。まだ、うしろから、フロリーたちを連れて戻ってくるさっきの騎士たちのすがたもない。あるいはやはりフロリーたちは先に湖水を渡ってしまっており、騎士たちはそのへんをむなしく探し回っているのかもしれない。

山あいにどこまでも伸びていると思われた赤い街道が、ふっと、だが、ひとつ峠をこえたところで様子をかえた。峠の頂上にのぼりつめて見下ろしたとき、グインは、彼方にあきらかにかなり大きな都市と思われるものがひろがっているのを見た。その峠のさきにも山はあったがもういずれもあまり高くなく、そしてそのさらに向こうには平野といっていいものがひろがっていて、そのなかにいくつか、明らかに屋根屋根と思われるものがわだかまっている。そのなかのひとつ、かなり遠いひとつは、ほかのものにくらべて格段に大きく、明らかにもう都市といっていい大きさだと思われた。

（あれは……どのあたりなのかな……）

いまのグインには、自分がどのように動いてどこに出てきて、なんという国のどのあたりの地方を見下ろしているのか、というようなことも、おしはかるすべとてもない。

だが、マリウスと歩いてきた旅のあいだに、かれらがずっと下ってきたのはモンゴールと旧ユラニアとの国境の山岳地帯であり、そしてそれをさらに下ってゆくとユラニア南部からクムにかけてのゆたかな平野地帯に出るはずだ、ということはマリウスからきかされていた。このまま道を南西にとってゆけば、クムの湖水地帯がひろがるのだ、ということばをマリウスからきいたこともあるような気がする。

いずれにせよ、そろそろこの山岳地帯も終点にきていることは確かだった。同時に、そのみはるかす平野の手前に、青い大蛇がよこたわっているかのような筋があり、それがきらきらと光っているのがみえた。幾筋かそこからわかれて出ている青いものもみえる。おそらく、かなり大きな川があるのだろう。

(あそこはまだモンゴール領内なのか? それとも違う国なのか……)

マリウスがいれば即答で教えてくれるのだろうが、グインにはまったく見当がつかない。

グインはそのひろがる彼方の平野から目をそらした。そこまでたどりつくには、いま歩いてきたののさらに十倍以上もの時間をかけなくてはならなさそうだった。それよりも、その《クレアの泉》がどのあたりにあるか、ということに、グインの注意は集中していた。

峠から見渡すかぎりではどこかにそうした泉があるようには見えないし、また、大勢の人間がすぐ近くに野営している、という気配も感じられない。まだ山々はひっそりとしずまりかえっており、森はその奥に泉を隠しているかどうかもわからぬほど深い。グインはまた迷いながら峠を降りていった。

だが、こんどはそれほどいくらもゆかぬうちだった。グインの目は、また、おのれが間違っていない、という証拠——あるいは連れ去られた村人たちからの明らかな存在証明を見出した。

街道の赤レンガの上に、こんどは、小さな、きらりと光るものが落ちていたのだ。グインはそれをひろいあげた。それは、フロリーの首にかかっていたのでそれと見覚えた、ミロク教徒のよくするペンダントだった。ミロク神を示しているのだという、銀の輪に小さな十字架がついているかたちのペンダントの鎖が切れて、誰かの首からすべりおちてレンガの上に落ちたのだ。

もう間違いなかった。ガウシュの村人たちは光の騎士団に連れ去られ、このすぐ近くの《クレアの泉》周辺にいるのだ。

（かえって、その泉を探すよりも、夜になってかれらが動き出したときのほうが、発見しやすいかもしれんな……）

グインは考えた。そして、これもフロリーの心づくしでもたせてくれたわずかばかりの携行食糧のガティのまんじゅうを、ようやく歩きながら口にした。空腹を感じないわけではなかったが、座って食事をしているいとまも惜しく、ずっとここまで歩きづめに歩いてきてしまったのだ。

さすがにかなり疲れていたので、食べ終わると少しのあいだだけ、道ばたに腰をおろしてやすみ、また水を飲んだ。だがそれだけの休息でかなりまた元気を取り戻して、今度はごく近くに敵——と断定していいかどうかはまだわからなかったが、少なくともガウシュの村人を連れ去った連中がいる、という警戒をおこたらずに、さらに赤い街道を進んでいった。

だが、こんどは、それほど長く待つまでもなかった。かすかに、グインの鋭い耳が、かなり大勢の人間の話し声だの、また馬のいななく声だのを聞き取ったのだ。それは、進行方向の右前方の森の奥のほうから聞こえてくるようだった。

（クレアの泉は、その先か……）

たぶん、間違いはないだろう。このあたりはこれだけのあいだ歩き続けていても、人家ひとつさえもない、まだまったくひとの手の及んでいないところと見られる——むろん、赤い街道は別にしての話だが。そのようなところに、突然に、いまグインが探しているのとまったく別の大勢の集団がいる、という可能性はきわめて少ないはずだった。

グインはいよいよ慎重に、街道から思いきってはなれ、木々のあいだに入って、その人声と、特にしだいにはっきりとしてきた馬のいななきを頼りに森のなかに分け入っていった。とたんに歩きにくくなり、進む速度はぐっと落ちたが、しかし、もう、近づいてゆくほどに、そちらの方向にかなり大勢の人間がいる、ということははっきりとしてきていた。

（追いついたか……）

がちゃがちゃと何か金属のふれあう音などもしている。グインはさらにその音の近くにきたと感じたので、こんどは森の木々や茂み、おいしげった下生えのなかに身を沈めて、こちらの存在を気付かれぬことに最大限に注意を払いながら、そっと音のするほうに忍び寄っていった。

それからいくばくもなかった。ふいに、目のまえに、あらたな求めていた光景がひらけた。

2

(クレアの泉――)

このような泉が、こんな山あいにひそんでいる、ということを知っているというのは、かなりこのあたりの地理に詳しい連中なのだろう。

それはまことにひっそりとした、だがこんなところにあろうとは思いもかけないほど大きな泉であった。雨が池ほどは大きくない――だが、その三分の一くらいは充分にあるだろう。泉というよりも、小さな池、といっていいくらい、かなり大きなものだ。そのまわりにはちょっと広くなっている平地があり、そこはゆたかな草地になっていた。

グインはいよいよ慎重にも慎重をきわめて身を隠しながら、そちらのようすがよく観察できる場所を探して近づいていった。すでに少し夕闇が迫ってきていたので、フードをひきさげ、黒いマントをしっかりとからだにひきつけて、身を低くしながら木から木へ、隠れながら近づく。もう、誰もまさかそんな方向からひとがくるとは思っていないのだろう。かなり大きな声で語り合っているのも聞こえてくる。馬たちのブルブルという鼻息や、荒々しくたてるひづめの音なども聞こえる。かなりたくさんの馬がいるようだ。

グインはそっと、そちらからはまず見えそうもないしげみのかげに身をすべりこませてから、そろりそろりと首をもたげて泉のほとりの様子を偵察した。かなり広い草地に、おそろしくたくさんの人間がいるように感じられたが、それは、それだけの人間がいるにはさすがにその草地は狭かったのだろう。草地のなかじゅう人間がひしめきあっているような感じだった。

泉に近いほうの側に、あのばらばらなよろいに赤い布を首や肩につけた兵士たちが一応かなりきちんとまとまっていた。その両側に馬たちが立木につながれており、半数くらいはきちんと鞍をつけ、手綱もあぶみもつけた馬だったが、残る半数は裸馬にとりあえず手綱だけつけたようなものもいた。鞍をおかれ、あぶみもつけられ、花づなをたてがみに編み込まれたりしている軍馬たちのほうは、落ち着いて首をのばして泉のきよらかな水を飲んだり、前の草をはんだりしていたが、軍馬でないほうの連中はひどく落ち着かないようすで、ブルブルと鼻を鳴らしたり、ひっきりなしにあたりをふりかえるように首をふったり、また足をたかだかと持ち上げて足掻いたりしていた。ときたまひひんと高くいななく。

その手前、グインに近いほうの側に、これまた二、三十人はいようかといういかにも民間人らしい人々が、ひっそりと身をよせあっていた。それがガウシュの村人とみて間違いないとグインは思った。服装はまちまちだったが、いずれも黒っぽい地味な農民らしいこしらえをして、そして何よりも、普通このようななりゆきだったらもうちょっとは騒ぎたてたり、おろおろしたりしていそうなところを、妙にひっそりとして、あきらめよく——というべきか、それとも行儀よくというべきか、黙り込んだまま固まっていたからだ。そこに集められているのは、中年以上の女たちと、そして年輩の男たちだけだった。若い女はほとんどいなかった。子どものすがたもなかった。もともとガウシュの村にはあまり子どもや若い女はいなかったのだろうか、それともそういうものたちだけ連れ去られたのだろうか、とグインは考えた。

若い男たちがいないわけはすぐにわかった。兵士たちのあいだに、ちらほらと、明らかに兵士でない農民ふうの服を着た男たちがみえたのだ。かれらは兵士たちのあいだにおかれて、見張られているようにみえた。だが、それもべつだん騒ぎ立てたり、絶望していたりするようにはみえなかった。それもミロク教徒だからなのだろうか、とグインはひそかに考える。

こちらの、年取った男女のグループを見張っているのは、ものものしく先端に斧のついた槍をかまえた兵士たち数人だったが、もうかれらが抵抗したり逃げようとしたりするとはまったく警戒していないらしく、無表情にただ立っているだけだった。現にかれらはじっとしていて、まったく逃げることなど思いつきもしないかのように見えたのだが。

　兵士たちのほうもいくぶん、通常の兵士達とは違うようにみえた——といってもいまのグインが、それほどたくさんのいろいろな軍隊を知っているというわけでもなかったが、たとえばつい先日までその陣中にとらわれていたイシュトヴァーン王率いるゴーラの軍勢にせよ、またしばらく行動をともにしていたスカールの騎馬の民にせよ、どちらもきちんと訓練がゆきとどいており、普通の軍勢よりはたぶんずいぶんとおとなしかったといっても、行軍しながらまったく私語をしないなどということはありえなかったし、とまって野営するというだんになれば、どっとにぎやかにもなった。当然、なんらかの命令が下ればさっと一瞬にして静粛になりもしたし、また戦闘態勢に入るのはいずれのものたちもきわめてすみやかだったけれども、野営しているときにはもうちょっとはにぎやかだった。

　この、黒マントに赤い布をつけた傭兵たちも、私語をまったくしていなかったというわけではない。だが、なんとなく、妙に重苦しい空気がその上にたれこめており、かつ、なんとなく、何かを恐れてでもいるかのようだ、とグインは思った。

（そのおそれているものは——あれなのだろうか？）

　グインは、目を細めて、こちらからみるとほぼ真正面に、こちら向きに床几をおいて、マントをひろげて座っている一騎のすがたを観察した。

それが《風の騎士》である、ということはもうわかっていた。マリウスとともにかつて街道筋で見かけたとおりの、あのちょっとぶきみな感じのする銀色ののっぺらぼうの仮面をつけ、そして黒いマントをつけて首に長い赤い布をまきつけた、すらりとしたすがた。

まったく顔の表情がわからぬ銀の仮面に包まれているためか、なんだか、異様にぶきみさを感じさせる姿だった。ただの二つの切れ目のように思われる仮面の目の部分にあけられた穴の奥で、何か赤くもえる炎がめらめらと燃え立っているかのように感じられるのも、おそらくはその仮面のぶきみさのせいだったのだろう。

だが、その《風の騎士》が、傭兵たちに恐れられている、ということは、ちょっと見ているとはっきりとわかった。兵士たちは、あまり《風の騎士》に近づこうとはしなかった。その周囲はかなり広くあいていて、そして《風の騎士》はそんなことはまったく問題ではない、というように、ひとことも発さぬまま、膝の上に采配をたて、それに手をつかえて座っていた。しだいに暮れなずんでくる泉のほとりの木々のあいだで、その銀色と黒とのすがたは奇妙なくらい目立ち、また妙に物語めいていた。彼は身にまとっているよろいも銀色で、それゆえ、首にまきつけている真紅の布が、まるでそこだけもえたつ炎を巻いているかのように、またそこから血がいつもほとばしっているかのように鮮烈な印象を与えた。

兵士たちでさえその《風の騎士》のすがたに圧倒されてあまり口をきかないようすだったのだから、ましてや、連れ去られたガウシュの村人たちにとってはいっそうそのすがたは恐しく、またえたいのしれぬものだったのだろう。村人たちがしんとしずまりかえっていたのは、ミロク教の教えのせいもあろうが、なかばはその、ぶきみな沈黙のすがたに対する畏怖と恐怖のせいもあったに違いない。

《風の騎士》の周辺にいるものたちはほとんど私語をしていなかった。ただ、黙り込んで休み、あるいは武具の手入れをしたり、馬の面倒をみてやったりしていた。《風の騎士》から遠くになってくるほどに、兵士たちはやや陽気になり、ぼそぼそと話し合ったりしていたが、それも、つねにそのぶきみな存在がこちらを見ている、ということを意識しているかのように、決して大声になったり、高声の笑いがおきてどっと伝染したりすることはなかった。誰かが何かいって、まわりのものがどっと笑ったとしても、その笑い声はまるで《風の騎士》の沈黙に吸い取られてしまうかのように途中で消えてしまうのだった。それだけの何かぶきみな《負》のオーラのようなものが、《風の騎士》のそのすがたからは、あたりいちめんにたちのぼっているように感じられたのだ。

（ふむぅぅ……）

グインは、じっとその《風の騎士》のすがたを観察しながら、いろいろなことを考えていた。だが、この沈黙は、グインには多少あてがはずれた——もっといろいろなことを、わいわいと口々に兵士たちが喋っていてくれれば、それを小耳にはさんで、グインにとってはずいぶんとさまざまな情報収集になったはずだからだ。だが、かれらは驚くほど寡黙な兵士たちであった。ときたまぼそぼそとかわされることばも、何もかれらの正体だのを明らかにするには役にたたなかった。

グインは、《風の騎士》の比較的近くに陣取っている、ちょっと目立つ五騎を見つけた。ほかのものたちがおおむねばらばらな傭兵のよろいかぶとをつけているなかで、赤銅色のそろいの紋章のないよろいをつけているかれらはとても目をひいたのだ。

（あれは、あの、マリウスのいった『ユエルス』と名乗ったという——俺がマリウスを待っているあいだに見かけた連中だな。——なるほど、こうして落ち着いて見ても、やはりかなり他の連中とも雰囲気が違う。あれは、明らかに長いこと職業軍人をやっていた連中だ）

グインはひそかに考えていた。

（それにあの目のくばりかた、座っているようすも、明らかに……他のものと何かが違う。あれは——たぶん、なんらかの目的をもってこの団にもぐりこんだ連中だ。もしかしたら……）

（あるいは、あれは、イシュトヴァーン——かどうかはわからぬが、誰かこの光の騎士団と称する連中について内実をさぐりたい、かれらにとっては敵にあたる連中が、味方になりたい、という口実で送り込んだ間諜かもしれんな。いや、これは俺のあいつらを見た直感の印象にすぎぬが、かなりその確率が高そうだ……）

（なんとなく——特にたぶんあの隊長がそのユエルスというやつなのだろう。その隊長の目の配り、眼光のするどさ、あたりのようすを値踏みしているようなあのありさま——どうみても、あれはただのネズミではない——かなり場数もふみ、もしかしたらかなり上のほうの——准将くらいまではいっているかもしれぬ、手練れの武人だ……）

このようなあやしい集団が、あちこちを徘徊してこんどのガウシュの村ではたらいたような無法をはたらき、村人を連れ出したり、食糧を徴発することが続いていれば、それは、それに困惑した村人がおおそれながらと訴え出て、それがモンゴールをいま一応占領統治しているイシュトヴァーン王ないしその代理の耳に入ることもあるだろう。

そうすれば、その実態と正体を調査するために、一気に叩きつぶすよりは逆にこのような間諜を送り込む、ということも充分に考えられるかもしれぬ。

（ことにイシュトヴァーンは……あの若いハラスの反乱軍を自らしとめるために、はるかノスフェラス近くまでも遠征してきたほど、行動力がある——危険だと思えば、早いうちにその中に間諜を送り込み、そうやって手をうつことも充分にありうる……）

グインがそのようなことを考えていたときだった。

「まもなく日没だ。――日没と同時に出発するぞ。今夜中に少なくともガリキア近くまでは下らねばならぬ。支度にかかれ」

ちょっと底ごもったような声が仮面の《風の騎士》の口から発せられた。とたんにはじかれたように騎士たちが立ち上がった。

それほど大きな声でもなかったのに、よほどこの首領をおそれているのか、ただちに兵士たちはものもいわずに出発の準備にとりかかった。ひとりの、かなり背の高い、髪の毛をうしろでひとつにくくったやや年のいった、古びた青い皮のよろいをつけた騎士がひとり、《風の騎士》に歩み寄った。むろんその青い皮のよろいの上に黒マントと赤い布をつけている。

「まだ、あの二人を連れにいったラミントたちが戻りませんが、如何いたしましょうか」

「我々がこののち南を目指すことはもうかれらも解っている。二人を発見すれば、それを連れて本隊のあとを追ってくるはずだ」

「は。かしこまりました」

「団長殿」

別の騎士がまた、駈け寄ってきた。

「あのさきほど話をしたいといっておりました村人がまた、いま一度団長殿とお話をさせていただくことをお許しねがいたいと申し出ておりますが」

「もう話すことはないはずだが」

《風の騎士》がその無表情な銀色の仮面をその騎士のほうにむけると、はっとその騎士がたじろぐのが目にみえてわかった。

だが、騎士はなんとか怯えをこらえたようにさらに云った。

「あの村人どもはこのさき自分たちがどうなるのか、知りたがっております。これまでのところはたいへん大人しくついてきておりますが、このさきにゆくとなると——申し訳ございませんが、いまいちど、団長殿よりお申し渡しいただければと思うのでございますが……」

《風の騎士》は返事をしなかった。

黙って、肩にかけていた長いムチの柄に手をかけ、するりとそのムチをほどいた。瞬間、その騎士は怯えてうしろに飛びすさった。

「さ、差し出がましいことを申しました。お許し下さい。——わたくしもこのあたりの同郷なものですからつい」

「……………」

《風の騎士》はひゅっと音をたててムチを宙に舞わせると、びしりと地面に叩きつけた。瞬間、まるでこの野営地全体がそのムチで叩かれたかのように、全員が飛び上がった。

村人たちのなかにはぱっとふりかえって、怯えた顔で《風の騎士》を見るものもあれば、ひいっとかすかな悲鳴をあげて頭をおおうものもいた。さすがに団員の騎士たちはそのようなところは見せなかったにせよ、やはりぎくりと身をかたくしたのはごまかせなかった。

「――良いだろう。連れてくるがいい」

だが、《風の騎士》はぼそりと云った。騎士は平蜘蛛のように頭を地面にすりつけんばかりにお辞儀をすると、あわててガウシュの村人たちがいるほうにかけていった。

グインのすぐ前の、年輩のものたちが集められている群れから、ひとりの、年とっているがなんとなく気品のある男が立ち上がった。

「大丈夫だ。案ずるな、村の衆」

老人が云うのがグインの耳に入った。

「もう一度、若い者を無事返してくれるようなんとか交渉してみよう。案ずるな。よいか、すべてはミロクさまのおぼしめしじゃぞ」

「ミロクさまのみ心のままに」

老人、老婆たちがいっせいに胸に手をあて、となえるのは一種異様な光景であった。

騎士がやってきて、老人たちを見回した。

「どの者であったか……」

言いかけるところへ、その老人が手をあげた。

「わたくしでございます。ガウシュの村長、ヒントンでございます。もう一度、団長様とお話させていただけましょうか」

「うむ、ようやくお許しをいただいた。だが早くしろ。我々はもう進発しなくてはならぬのだ。そのさまたげとなっては団長殿のお怒りをかう。よいか、老人。団長殿を怒らせるなよ。ならなくてもよい災難をおのれに招き寄せることになっても知らぬぞ」

「…………」

ヒントン老人は黙って頭をさげた。

そして、そのまま、いくぶんおそれをこらえているふうではあったが、勇敢に《風の騎士》の前まで、歩いていった。そこで、老人は膝をつき、丁寧に礼をした。

「ガウシュの村長、ヒントンでございます」

いくぶんふるえる声でヒントン老人は云った。

「昨日来、平和に暮らしておりましたわしらの村に、皆様方がおみえになりましてから、わしらは何もさからわずにおおせのとおりにいたしてまいりました。――食糧もなにもかも差し上げましたし、馬どももお連れになるのにまかせました。それはわしらがミロク教徒で、ひとさまが欲しがるものは差し上げるべし、とミロクのみ教えに――また助けが必要なものには助けをあたえるべしと、それもミロクのみ教えに教えられて育って参ったからでございます。――しかし、こののち皆様方は、わしらをどうなさるおつもりなんでございましょうか。……わしらはミロク教徒でございますから、もしも皆様方が何かわしらにむごいことをなさるということになりましても、お手向かいはいたしません。たとえ皆殺しにあっても、ミロクのお祈りをとなえながら、大人しゅう殺されてゆくだけのことでございますが、それにしても、何もわからず、どうなるのかもわからず、どこまでついてゆくのかもわからぬまま連れてゆかれるのは辛うございます……」

「うるさい」

ひゅっとムチがとんだ。

そのムチはヒントン老人の足もとの土をえぐった。ヒントン老人は腰をぬかしかけたが、かろうじて立ち直った。

「も――申し訳ございませぬ。ですが、わしには村長としての……」

「老人や老婆には用はない。ここを我々が出発するとき、無事に解放してやるつもりだ。ただ、あまりに早く自由にしてやって、そのへんの国境警備隊などにおおそれながらと訴え出られてはこちらはちと困るので、ここらあたりまで同行してもらった。――それだけのことだ」

「で、では――ここからは、わしらはみなお返しいただけますので……」

「お前らはな」

ゆっくりと、《風の騎士》はムチをまさぐっていた。

「と、申されますと……」

「若い男は、こののち我々の使役のために連れてゆく。——というよりも、昨夜わが同志たちがそれぞれに語り聞かせたであろうように、わが《光の女神騎士団》は、モンゴール再興、モンゴール大公国のふたたびの独立を悲願として崇高な戦いをつづける、いわばモンゴールにとっては正義の使者にほかならぬ。こなたたちもたとえこのような山間部にひっそりとすまうとはいえ、モンゴール国民にまぎれもなかろう。たとえこれまでは、深い山あいを住まいとするがゆえに、わが神聖なるモンゴール大公国に起きたさまざまな悲劇を迂闊にも知らなかったにせよ、いつまでもそのまま無知のままでいることはこの俺が許さぬ。——こうして知ったからには、おのれの母なる国を守るため、取り戻すための戦いに加わるのは、若き男子として当然のことと思うぞ。むしろ、我々の趣旨を聞き次第、いたるところから剣をとってかけつけてくるのこそが、モンゴール国民たるものの崇高な使命というものであろう」

「そ、それはさようでございますが……」

ヒントンはどもった。

「わたくしども——わたくしどもは、ミロク教徒でございまして……」

「そのようなことはどうでもよい」

《風の騎士》はまたムチをゆるゆるとうねらせていた。ヒントンは老いた顔をひきつらせた。

「ミロク教徒であろうが何教徒であろうが、モンゴール国民としての心はひとつであろう。若い男ども、また年寄りであっても馬の世話などをしてくれようという志があれば、喜んで光団は受け入れる。モンゴールをにくき宿敵、この世の悪魔イシュトヴァーンの手から取り戻し、いまはなきアムネリス大公のご無念を首尾よく晴らすそのときまで、どこまでも、地の果てまでもともに戦う、それがこの《光の女神騎士団》の結成の誓いにほかならぬ」

「いえ——あの——それはもう、なにでございますが——その、わたくしどもは……戦いというものを……いっさい……」

ヒントンはしどろもどろになった。

だが、《風の騎士》は聞いてもおらぬようすだった。しだいに、仮面の下でくぐもっている声がたかぶりを示すように大きくなっていった。

「アムネリス大公のご無念や思うべし。——いまだ二十にもならぬお若さで、悲運の敗戦により国を失い、ご親族のすべてを失われ、そしてついには仇どもの手におち、その屈辱から脱するために心ならずもイシュトヴァーン如き汚らわしき野盗との偽りの婚姻を結ばざるを得なかった。そのお心のうちを思えばいまだに涙がせきあえぬ。——そしてついにはむざんにもその野盗により裏切られ、モンゴール大公国は失われ、長い幽閉と蹂躙ののちに、ドリアン王子おひとりを残して無念の自死をとげられた。——これほどの悲劇があろうか。わが《光の女神騎士団》はアムネリス大公閣下を永遠の女神といただき、閣下のご無念をうけつぎ、怨敵イシュトヴァーンの上にその復讐をはたすべく、この世の終わりまでも戦いつづける執念の団だ。——モンゴールに平和が戻ったとても、独立が戻ったとても、わが思いはいえぬ。わがうらみはただひとつイシュトヴァーンの上にあり——その呪われた存在を叩きつぶし、アムネリス大公閣下のご無念を思い知らせる惨死をとげさせるまでは、誓ってこの団は戦いをやめることはない」

「おそれながら、おそれながら！」

ふるえながらヒントンは叫んだ。

「わたくしは——わたくしどもはミロク教徒でございまして！　ミロク教徒とは、ミロクのみ教えにしたがい、決してひとと争うこと、戦うことをいたしませぬ。まして、ひとのいのちをとるなどということは——いかなる理由があるにせよ、決して……」

「黙れ」

びしり——

今度舞ったムチは、地面を打ったのではなかった。

悲鳴をあげてヒントン老人が倒れた。ムチは、老人の肩を容赦なく一撃したのだ。

はらはらと見守っていたガウシュの村人たちの口からいっせいに激しい悲鳴があがった。あわてて飛び出して村長を庇おうとする老人たちを、光団の兵士たちが、無造作におさえつけた。

「ならぬ、ならぬ。出てはならぬ、勝手に動くな」

「村長！」

「何をなさるんですだ！　村長が何をしたと……」

「しずまれ。団長殿のお話をさまたげてはならぬ」

声が交錯して、さきほどまでしんとしていた泉のほとりはにわかに騒然とした。

「ひ……痛い、痛……」

ヒントン老人は、肩をおさえたまま、地面の上でのたうっていた。だが兵士たちが槍ぶすまを作ってへだてたので、村人たちは駈け寄るわけにもゆかなかった。

「愚かな老いぼれの平和主義者め」

《風の騎士》は云った。あまり激さない声だっただけに、いっそう恐しく、残酷にひびいた。

「ミロク教の教えなどがなんだ。そんなものよりももっと重大な——もっとはるかに重大なものがわが光団の使命なのだ。われわれはこの世の正義とアムネリスさまのご無念のために戦っている。何が平和だ」

ふたたびムチが振り上げられる。悲鳴と泣き声が交錯した。

3

「何をなさるんです!」

村人たちの悲鳴が静かな泉のほとりを切り裂いた。

「村長に何を!」

「村長は何も……」

「お許し下さい。村長は老人です」

グインは、動かなかった。

木のうしろに身をひそめたまま、じっと石のようにうずくまっている。村長を救いに飛び出すつもりはなかった。ムチ打たれはしても、いまのところ、《風の騎士》は村長を殺すつもりはない、と見受けられたからだ。だが、うずくまったままのグインの目は細められ、そのトパーズ色の目は物騒な光を放っていた。

「お許し下さい。お許し下さい」

必死に、兵士たちの槍ぶすまにおさえられながら叫んでいる老女は、村長の身内なのだろう。

「あんた。あんた、しっかりして。団長様にお詫びを申し上げて」

「わしらは——ミロク教徒でございます」

村長だけあって、ヒントン老人は気丈であった。ようやく、最初の苦痛の大波が少しおさまると、打たれた左肩を右手でおさえたまま、必死な声をあげた。

「わしを打擲《ちょうちゃく》なさるのはご自由でございますが、どうかうちの村の若い者をいくさにお連れになるのだけはご勘弁下さいまし。うちの村においでになりましたゆえ、客人として、うちの村の馬も、食糧もみんな差し上げました。このあと、長い冬をどうやって乗り切ってゆくか、馬も一頭もなしでいったいどうやって畑を耕したり、赤い街道を、必要なものを買いにもよりの町までゆくか、村のものはみんな途方にくれておりましたが、わしが、お偉い騎士の方々にさからうでない、と言い渡して村のものたちはそれに従いました。もう、わしらの持っているものはみんな差し上げたのでございます。もうあとはわしらの命しか残ってはおりませぬ。それもこのままなら——村へ帰していただいたとて、年寄り女子供ばかりが残され、壮年のものたち、若いものたちはもともと数が多くございませぬのを、みんなお連れになりましたら、わしらは……もう、この冬に飢えて死ぬほかございますまい。——この上、わしらをどうなさろうというのでございますか。同じモンゴール国民とあるならば、どうして……」

「黙れ」

再び、ムチが振り上げられた。ヒントン老人の足にむかって振り下ろされたムチが、老人の足を裂いて血をしぶかせた。老人は悲鳴をあげて横転し、こんどは立ち上がれなかった。

「きゃあああ!」

見守る村人たちのあいだから悲痛な悲鳴と叫び声があがる。

「やめて、やめて。村長様をお助け下さい」

「ああ、何をなさるんです。何を……」

「ご無体な……」

「あんた。しっかりして、あんた」

「われらは正義」

銀色の無表情なマスクが正面から、地面の上を弱々しくのたうちまわる哀れな老人にむけられた。

「われらの大義の前に、虫けらのごとき土民どもの命など、風のまえの塵のごときもの。――モンゴールという神聖なる国体がなければ、お前らの平和とても守ることはできぬ。残虐王と呼ばれるイシュトヴァーンの悪魔の所業を知らぬのか。きゃつがまことモンゴールの支配者となったあかつきには、このような手ぬるいことではすまぬぞ。きゃつはおだやかに糧食を求めたりなどせぬ。すべて力により、奪い取り、掠奪し、女は犯され、男は殺され、子供たちもまた殺されるだろう。それが残虐王イシュトヴァーンのやり方だ——きゃつはいくつものいくさで、敵対したものたちを皆殺しにしてきたのだ。その流した血のおびただしさにより流血王とまで呼ばれる、そのイシュトヴァーンをお前らの国からうちほろぼしてやろうという、きびしい正義の戦いに立ち上がるわれらに、それがモンゴール国民のなすべき正しい姿なのか」

「でも——でもございましょうが！」

ヒントンの苦しむ姿を見かねたように、騎士たちのあいだで馬の世話をさせられていた、一見して村のものとわかる青年が叫んだ。

「おおせのだんはいちいちごもっともではございますが、でもわたしらにはわたしらの——これまでずっと続けてきた静かな平和な暮らしがございました。モンゴールの国も大切でございますゆえ、こうして馬も、食糧もおおせのままに差し出しておりますのに……」

「こやつら、ものの道理を説いても無駄なようだな」

ふたたび銀色の仮面が、こんどはその若者のほうに向けられた。若者はぎくりとして棒立ちになった。仮面の上部の二つの裂け目からのぞく目は赤くあやしい光をたたえてぶきみに燃え上がっていた。それは、正視にたえぬほどの呪詛と憎しみとをたたえてい

るに見えた。

「もうよい。納得づくで話を平和裡にすすめようとしたのが間違いだったようだ。ものども、こんなやつらにかまっているひまはない。われらはもう、進発せねばならぬ。若い男どもをじゅずつなぎに、一番うしろの馬のあとにつなげ。役に立たぬじじいやばばあどもはここに置いてゆく。出発の準備をせよ」

「はッ！」

「かしこまりました」

あちこちから声があがった。

（ふむ……）

グインは、からだの奥に、いますぐにでも飛び出していって理由もなくいたぶられた老人を助け起こしたい衝動がつきあげるのをじっとこらえながら、考えていた。

（あの首領は……なんといったらいいのだろう。どこか——どこか奇妙な感じがする。ゆがんでいる——とでもいうのか……常人と違う何かが感じられる——が、それは、一体何なのだろう……）

（狂気——か？　それとも微妙に違うか……口のききかたそのものなどはべつだん、狂信者のそれではあっても尋常に思えるが——そうではなく、何か……）

（何かが、妙にひっかかる——なんだか、普通の人間ではないような——なんといったらいいのだろう……）

（そうだ、なんとなく……そのように喋るように命じられたからくり人形でもが、あの仮面のうしろに入れられているような……そんな感じがする……）

（不自然。——そうだ、あの男のやることなすことは妙に不自然なのだ……）

グインはなおもじっと身をかがめながら、銀仮面の首領を見つめていた。

「村長」

ゆるゆると、首領はムチをまた手もとにもどしてしごくようにしながら、床几から立ち上がり、まだ地面から立ち上がることもできずにいるヒントン老人のほうに近づいた。はっと怯えた老人がうしろにいざり逃れようとするのを、大股に近づくと、両手でムチの根かたをおどすようにもてあそびながら、老人をのぞきこんだ。

「いまひとつ、聞きたいことがある。——昨夜きいたときにははかばかしい返答を得られなんだが、このたびは命をかけて答えてもらおう。もしも、この俺を騙そうだの、ごまかそうだのとする場合には、いのちにかかわることもある——と思ってもらおうか」

「は——は……」

「昨夜もきいたな。あの女——あの女は何者だ、と。もう一度聞くぞ。性根をすえて答えるがよい。もうお前には、どの女のことかはわかっているはずだな。そしてその連れの男のことも」

「さ——昨晩も……おたずねでございましたが……」

力なくふるえる声で、村長は答えた。

「昨晩と……同じお答えしか……いたしようがございませぬ。——あの娘は……ローラと申しまして……何日かにいちど、わしらの村に……自分で焼いた菓子だの、木の実だのを持って売りにくる……貧しい娘でございます。——そのつど、わしらが不要になったり破れてしまったりした衣類をつくろってくれたり……たいそう手先が器用な娘でございまして、新しいもののように……し、仕立てなおしてくれたりいたします……それだけの……事で——どのあたりに住んでいるのかも、わしらはとんと……し、知りませぬ……まことでございます。ましてあの……連れの吟遊詩人は……娘が連れてきただけで、わしらの村にきたのもはじめてで——」

「昨夜と同じ答えだな」

《風の騎士》は脅すようにまた、ムチの先を老人の目のまえでふらつかせた。

「よいか。いま、われの部下が娘と吟遊詩人を連れにお前らの村におもむいている。もしも、そやつらをとらえて糾明したあかつきに、お前がいつわりを云っていることがわかれば、いかに民間人とはいえ、許しておくわけにはゆかぬぞ。——お前は、そのため、我々とともにきてもらう。他のものたちはここで放すが、お前だけはともにきてもらおう。そのほうが、そのように村長としての責任を感じているのであれば、村の男どもの運命をも見届けることが出来て、お前も満足だろう。——よいか、だがお前が嘘をついていたことがわかったならば、お前のいのちはないものと思ってもらうぞ。俺は——」

ぎらり、と赤くぶきみな目が、無表情な銀色の仮面の下で燃えた。

「俺は騙されるのが何よりも嫌いでな。——それだけは、覚悟しておくがいい。俺をたばかろうとする者はすべて、この世でもっとも凄惨な死によってむくいられるのだと知るがいい」

「滅相も——滅相もない」

ヒントン老人は必死に叫んだ。

「騎士様をそのような——たばかるなど、何条持ちまして！　決して、決して嘘いつわりなど申してはおりませぬ。それだけでございます。それだけしか、あの娘たちとかかわりはございませぬ」

「本当だな」

ゆっくりと騎士はいい、そして立ち上がった。

「出発の用意がととのいました」

部下の騎士が告げにきた。《風の騎士》はムチをくるくると巻いて左肩にするりと輪にした長いムチをかけた。

「出発！」

「この老人はいかがいたしましょう」

「こやつか。その足では、歩かせたらかえって足手まといになりそうだな。誰か、鞍のうしろに乗せてやれ」

「かしこまりました」

ただちに、騎士のひとりがヒントン老人のえりがみをつかんで引きずり起こした。

「来い、老人」

「ああ、お待ち下さい。うちのひとを、うちのひとを連れてゆかないで下さいまし」

老人の妻とおぼしい老女が悲痛な声をふりしぼる。

「うちのひとは年寄りでございます。そんな——そんな行軍などに連れてゆかれたら！」

「やかましい」

怒鳴ったのは、《風の騎士》ではなかった。その右腕のひとりらしい、紋章のない青い皮のよろいかぶとをつけた傭兵ふうの男であった。

「首領にさからう者は切って捨てるぞ。さあ、馬にのれ、老人。お前たちは、馬のうしろをついてこい」

「あああ！」

「あんた、あんたあ！」

「ボンズ、ボンズ！」

「おっかあ！」

ガウシュの村人たちのあいだには、いたましい騒ぎがまきおこっていた。

もう、いかに黙っていろと命じられても、黙ってそのまま大事な家族を連れ去られたり、また、ふるさとをあとにしてどことも知れぬ戦場へ拉致されるままにされていることはかれらには耐え難かったのだ。まして、かれらはすべてミロク教徒であった。

「お願いです。わしらは、戦えないんです」

「返してください。うちに帰らせてください。お願いしますだ」

「どうか、うちのせがれを……まだ小さい孫がおります。働き手がいなくては……」

「もうじきガティ麦の収穫の季節でございます。年寄りばかりでは……村が――」

「わしらはみんな死んでしまいます。どうか、お慈悲を！　お慈悲を！」

「やかましい」

「とっとと歩け」

悲鳴と叫び声、怒号が交錯する。

グインは、なおも、じっとうずくまってこらえていたが、その拳は膝の上でぎゅっと痛いほど握り締められていた。だが、グインは飛びだそうとはしなかった。

《光の騎士団》の騎士たちは、よりわけた、働けそうな若い者や壮年の男たちだけを、馬のうしろに、じゅずつなぎに腰を長い縄でつなぎ、先頭のものを一頭の馬の鞍のうしろにかなり長い縄でくくりつけた。そして、次々と自分たちも支度をととのえて身軽に馬に飛び乗った。

ガウシュの村から徴発したらしい裸馬たちにも、手綱がつけられ、はみがかまされた。それらの馬たちも綱で騎士たちの馬のうしろに一頭づつつながれた。

「出発！　今夜じゅうに、ガリキアの近くまで移動だ。——よいな。前のものを夜闇にまぎれて見失うな。あかりはつけぬぞ。気を付けて、街道から踏み外すことのないよう、なるべく近く前のものについてゆけ」

「かしこまりました！」

「進発！」

《風の騎士》当人も、おのれの馬に飛び乗った。かなり、鍛えている、とグインの目に見て取れる、敏捷なしぐさであった。

（こやつ——かなり、武術のほうはたけているな……）

腰につるした長剣をかるくさばき、ムチを左肩にかけたまま、馬上となる。その身ごなしを見ているだけでも、ただのそのへんのネズミではないだろう、ということは知れる。

（それに、非道ながら、あの村長にふるったムチさばきもなかなかのものだった。——

あれだけ長いムチをあのようにわがものと使いこなすのは……やはり――それなりの修練をつんだ――)

(それに、あやつの口のききかたにはどこか、ただの野盗や野伏せりとは思われぬ何かがある。――教養がある、といったらよいのかな。――これは、ますます――あの老人や村人たちには気の毒だが……うかつにこのようなところで騒ぎを引き起こして俺の存在を知られるわけにはゆかぬ……)

一方では、フロリーとマリウスのことがひどく気になっていたが、それを連れに戻ったというものたちが、本隊に追いついてくるようすはまだまったくなかった。

グインは、そっと身をさらにちぢめて、目の前を、夜の軍勢が影のように移動を開始するのを見守った。かなり訓練が行きとどいているらしく、これだけの人数の進軍がずいぶんとすみやかに行われてゆく。それほどの混乱もなく、騎士たちが隊列を作って泉のほとりから動き出す。

隊列の後方に、徴発された馬たちと、それからじゅずつなぎにされた村の男たちがはさまれて、のろのろとうながされて動きだし、そのうしろに、それを見張るように二十人ばかりの小隊がしんがりをつとめた。いまや、取り残された老人、老婆たちは身の危険も騎士たちの恐ろしさも忘れたかのように、必死になって連れ去られようとしている家族のものにとりすがろうとし、なんとか慈悲の心に訴えようと叫び、泣き、手をさしのべたが、そのたびに、無情に騎士たちの槍の尻で払いのけられた。

「ああ、ああ、ああ」

「連れてゆかないでおくれ。うちの息子を連れてゆかないでおくれ」

「ミロク様のお慈悲を！　ミロク様のお慈悲を！」

「おっかあ、おっかあ！」

「ならぬ、ならぬ。近寄るな。近寄ってはならぬ」

それはそれで、ひとつの世にも悲痛な地獄図であったかもしれぬ。

生き別れにされようとしている家族たちは懸命に手をのばし、連れ去られるものたちは縛られて引っ張られ、うしろから槍でせきたてられてよろめき歩きながら涙を流してふりかえり、そうしながらどんどん引き裂かれるようにして連れ去られてゆく。あとには、どこまでも追いすがってゆこうとするものもいたが、そのままその場に崩れおちて号泣する老婆もおり、またそれの肩を抱いてなぐさめる老人もおり、そこで両手をあわせ、なにものか——おそらくはかれらのこよなく信仰するミロク神に祈りを捧げて救いを求めると見えるものもいた。

その間に騎士たちの隊列はもはや、そうして祈るものも泣き叫ぶものも、追いすがるものたちも見向きもせぬままに、泉のほとりから、森のなかの間道を抜けて二列ほどの細長い列を作って進み始めていた。そのまま、赤い街道に戻って、さらに西南を目指すつもりなのだろう。

どこまでも追いかけてゆこうとするものも、みな老人たちばかりであった。やがて力つきてその場にくずれこむものもあり、よろめきながら追ってゆくものも、みるみる引き離されてゆく。もっとも、そうして縄でつないだ捕虜たちを連れているので、騎士団にしても、騎馬での移動というほどの速度は出ないようだ。まして、すでに夜の闇が落ちてきた森のなかの細道だ。見失わぬように懸命に前のものについてゆくのがせいぜいというところで、その速度はきわめて遅い。

それでも老人たちにはそれはきびしい速さであったようだった。森のはざまに、さいごの一騎のうしろすがたが消えてゆくころには、ついに、泉のほとりから追いすがろうとしていたさいごの老人も、力つきてその場に倒れた。もともと、強引に連れまわされて、かなり弱ってもいたのだろう。

「あんた。あんた」

「息子をかえせ。かえしてくれ」

なおも倒れたまま悲痛な声をふりしぼっている老婆や老人たちのすがたは、見るにたえぬむざんなものであった。

だが、そのとき、中のひとりの老人が、つと立ち上がった。さきほどから、ずっと天をあおいで祈っていた白髪の老人であった。

「皆の衆。騒ぐな」

老人は村人たちにむかって手をさしのべ、倒れた老婆を助け起こし、皆のあいだへ連れ戻しながら叫んだ。

「泣いてはならぬ。これもおそらく、ミロクさまの下したもうた試練なのだ。——ミロクさまのなさることはすべて正しい。もしもわしらの祈りがミロクさまのみこころに叶うたならば、わしらの息子たちは、また村へお返しいただけよう。村長も、馬たちも、みんなかえってくるだろう。それを信じるのだ。そしてミロクさまにお祈りするのだ」

「おお！」

グインがいくぶん目を瞠ったことに、それをきくなり、倒れ伏して泣き騒いでいた村人たちは、そのおのれの醜態を恥じるかのようによろよろと立ち上がり、たがいに助け合いながらよりそいあって、ひとかたまりになったのだった。

「おお、ミロクさま！」

「祈るんだ。歌うのだ。これはミロクさまの下された試練だぞ。嘆いているのはミロクさまのみ心に反するだ」

「ああ、そうだった。——申し訳ありません、ミロクさま」

「ミロクさま。お許し下さい」

「ミロクさま。現世の人間に執着を注ぎ、愚かな取り乱したすがたをさらしたわたくしどもをお許し下さい」

「ミロクさま。――あわれなわしらに、お慈悲の光を……」

「ミロクさま、どうか、なすべき道をお示し下さい……」

「ミロクさま……」

いっせいに声をあげるなり、かれらは、驚くべきことをした。

その泉のほとりの、取り残された空き地に、一様にひざまづき、そして、両手をあわせ、その上にこうべをたれ、あわせた両手のあいだには、胸もとにさがっているミロクのペンダントをいただいて捧げ持つようにしてまさぐりながら、声をあわせて祈りはじめたのである。

「ミロクさま。いざ、道を示したまえ」

「ミロクさま。われらが祈りをお聞きとどけたまえ」

「ミロクさまのみ前に……心からの祈りを……」

やがて、誰が歌い出したものか。

あわれな老人たちの口から、おのずとふしぎな静かな祈りの歌らしいものがほとばしり、それに和し、みなが歌い出してそれは時ならぬ大合唱となっていった。それは、グインはむろんきいたこともない、静かな、だが妙に悲痛なひびきをも秘めた、神をたたえる歌であった。

（この世は仮の宿りなり。われらがまことの天国は　ミロクのみもと、ほかになし。この世に執着残すまじ。ミロクのみ胸にいだかれて、まことの幸を求むべし）

大合唱といっても決して大きくなることもなければ、あたりにとどろきわたり、たちまちに奇蹟がおこることもない、むしろひそやかな祈りの歌であったが、しかし、さらに驚くべきことは、その歌がくりかえし歌われはじめたとき、ややあって、はるかな森の彼方のほうから、同じような歌声が、かえってきたことであった。

「おお」

老人たちは思わず顔をあげて、互いの顔をみかわした。

「息子らが歌っている……」

「ミロクさま、おあわれみ下さい……」

「さあ、歌うのだ。もっともっと——ミロクさまに届けと……」

「この世は仮の宿りなり。われらがまことの天国は、ミロクのみもと、ほかになし」

「この世に執着残すまじ。ミロクのみ胸にいだかれて、まことの幸を求むべし」

「金も栄誉も名声も、すべてこの世の影なれば。われらがまことの安息は、ミロクの平安、ほかになし」

「ミロクをたたえよ。ミロクこそ、われらがまことのみ母なり。ミロクの心にかなうなら、平安はわが胸にあり」

すべてのものたちが、かなり長いその単調な歌をくりかえしくりかえし歌っていた。そうしながら、さっきみなをはげました白髪の老人が、のろのろと立ち上がった。

「帰ろう。ガウシュの村へ、帰るんだ。そしてミロクさまに——教会に集まって祈りをささげよう。村長と村の息子たちを、無事におかえし下さるよう、懸命に祈りを捧げるのだ。わしらに出来るのはそれだけだ」

「ああ、そうしよう」

「ミロクさま。どうか、かれらを守りたまえ」

「ミロクさま、息子をお守り下さい……」

みるみる、かれらが、落ち着きと平安——とまでは云えずとも、少なくとも、心の均衡を取り戻すさまは、驚くべきものであった。かれらはまったく無教養なただの村人の老人たちの群れにすぎぬように見えていたから、なおさらのことであった。だが、かれらは、そうして互いに慰めあうと、こんどはよろよろと、泉に近寄って水をのみ、それから互いに励まし合いながら、足の弱いことに高齢のものには手をかし、比較的元気なものが先頭に立って、ゆっくりとながらかれらも騎士団がいったのとは反対の、ガウシュの村の方向にむかって、森の間道に分け入っていったのであった。おそらくこのあたりの地理については、このへんに住んでいるものであってみれば、光の騎士団のものたちよりはずっと詳しいのだろう。

「ミロクの教えきくときは――この世のうれいすべて去り……」

「ミロクのみもとにゆくこそは、われらのつきぬ望みなり……」

どこまでも、弱々しいが確かな歌声が、夜の闇のなかに続いていた。きれぎれに、森の彼方からも、歌い続けるかれらの仲間たちの声が風にのって、いつまでも届いてくるようであった。

4

（ふむむ……）

いっぽう、茂みのうしろに身を隠していたグインのほうは、しばらく、その光景に奇妙に魅入られてずっと見守っていた。その光景のなかにはふしぎなほどにひとをうつものがあったし、また、ことに、グインの胸の奥をゆさぶる何かがあったのである。

だが、かれらがよろよろと森のあいだの道にすがたを消すと、グインはそっと茂みのうしろから忍び出た。もう、泉のほとりは、無人になっていて、すっかり夜闇が深くなっていた。

（不思議な連中だな――ミロク教徒、というのか……）

グインはそっとつぶやくと、まず泉に近寄って、そこで手と顔を冷たい澄んだ水で洗い、水をたらふく飲んだ。それから、腰につけた小さな水筒に泉の水を補給すると、ためらわずに、光の騎士団が消えていったほうの森の間道に分け入っていった。

道はまがりくねっていたから、かなり近くに近づくまでは、かれらから気付かれるおそれはなかった。それに、かれらは騎馬であったとはいいながら、徒歩だちの捕虜たちを連れ、またじゅずつなぎにした馬なども連れていたのだから、身軽で健脚なグインが見失うおそれはまずなかった。むしろ、あまりに早足に歩きすぎて、追いついてしまって姿を発見されるほうをおそれなくてはならぬ。

（ミロクの神――か……）

まだ、かすかな歌声は聞こえている。森の両側から、相聞歌のようにひびいているその歌声は、ひどく異様なもののようでもあれば、この世のものでないほどに清らかなものとも聞こえる。いずれにせよ、それは、グインがはじめて出会った――少なくとも記憶を失ってからのグインがはじめて見た、そのような新しい宗教の信者たちの群れであった。

むろんフロリーもミロク教徒であるが、それらしい言動はことばのはしばしには見えていても、ミロク教、とは具体的にどのような宗教であるのかまでは、グインにはフロリーからはわからなかったのだ。

（決して戦うことも――ひとのいのちをとることもせぬ平和な宗教――か。――しかも、求められたら、貴重なさいごの食糧をでも、おしみなく差し出す、というのか……）

（あの村人たちが、ミロクの名を口にしたとたんに、ああして落ち着きを取り戻したところをみると、ミロク教徒にとっては、その神は相当に強烈な精神的な支えになっているものと見える……)

(だが、いまの世の中に——そうして、戦うことを禁じる宗教というものは、はたしてどのていど——効力を持ちうるのだろうか……?)

現に、ガウシュの村の壮丁たちはみな、光団に連れ去られてしまったのだ。イシュトヴァーン王の支配からモンゴールを救い、イシュトヴァーンを滅ぼすまでは戦いやめぬ、ということばをだ。どのような恩讐が存在したかは知らぬが、《風の騎士》が激しくイシュトヴァーンを憎み、呪い、そして死んだアムネリス大公の仇とつけねらっているということは確かであった。

《風の騎士》のことばをグインは思い浮かべていた。

(だとすれば——いずれは、あの騎士たちは、対イシュトヴァーン軍のいくさに飛び込んでゆくことになるだろうし——)

そのときに、あいての軍勢が、ミロク教徒であるかどうかなどをしんしゃくしてくれようはずもない。

(戦わずに、どうやって戦場で生き延びるというのか——俺には、わからんな……)

イシュトヴァーンのことを思い出すとき、グインの心には、いつも、あの、ケス河のほとりで発見したあまりにもむざんな光景——ハラスの仲間のモンゴール独立運動の戦士たちと、その家族の女子供にいたるまでが、虐殺され、悲惨なむきがらをさらして、ケス河の河畔の大地を血にそめていた恐しい光景がよみがえる。

(まして、相手はイシュトヴァーンだ――《風の騎士》のいうようにこの世の悪魔かどうかまでは俺にはわからぬが――情けを知らぬ、おそるべき戦い手であり、また容赦なく女子供までも敵とあらば皆殺しにする非情の征服者であることだけは確かだ。――ミロクの教えやあの歌が、はたしてそのときにどのような役にたつものか――)

だが、これは、面白い連中であるようだ、とグインは思った。そして、それについては、いずれもうちょっと――この事態がおさまりでもしたら、フロリーになり、ガウシュの村人になりよくきいてみなくてはならぬと決めた。グインの直感に、はじめて視野にあらわれてきたこの《ミロク教徒》という存在は、妙にひっかかるものであったのだ。

だが、そのようなことを思いつつも、グインの足のほうは、まったくたゆみなく闇のなかの一本道を急いでいた。

さいわいに、月夜であったので、夜闇が深くなっても森のなかでも、梢をもれてくる月の光で、足元も完全に見えなくなる、ということはなかった。それに、少し前のほうから伝わってくるミロクの賛美歌が、皮肉にもグインを道案内してくれるかたちになっていた。グインはあまり足を急がせてかれらの最後尾に追いついてしまわぬように気を付けながら、楽々と光団のあとを追っていた。

すでに夜はかなり深くなり、森の深みのほうからは、ホウ、ホウ、という夜泣き鳥のぶきみな鳴き声が聞こえてきた。ときたまバサバサと羽音をたてて飛び立つ夜の鳥、そして、暗いなかを赤い目を光らせて森の木の幹を這い回るトカゲ。

　森のなかは、夜になると動きまわる生物たちでいっぱいになっていちだんと活気づいているようであった。だが、グインにとっては、この自由国境の森は、あのずっとさまよい歩いていたルードの森のなかにくらべると、まるで天国のようなものであった。木木の茂りかたもおだやかであったし、何よりも、グールや死霊をひそめているあの辺境の森のもつ、圧倒的なぶきみさのようなものが、このあたりの静かな森にはまったく感じられない。

　その上に、ミロク教徒たちの歌声もある。月は青白く森を照らしている。グインの思いはまた、《風の騎士》の上におちた。

（あやつは——何者だろう……）

（ただのネズミ《トルク》ではないのは確かだが……モンゴールの大公の軍勢の残党？　だがそれにしては——）

（あの、俺の感じた妙な《不自然さ》の印象はどこからきているのだろう……）

（それに、よくもこのよせあつめと鎧かぶとからもひと目でわかる傭兵たちを、こんなにきっちりと打てばひびくように云うことをきく、職業軍人なみの軍勢に鍛えあげたものだ。——それほど長い期間をかけたとも思われないが、このように、一筋縄ではゆきそうもない傭兵たちがいうことをきき、おとなしく付き従っているということは……つまりは、よほど——あの《風の騎士》に人望があるか、それとも……）

（逆に、皆が、ひどく《風の騎士》をおそれているか、ということだ。——たぶん、俺の見たかぎりでは、後者だ——あの光団のものたちはみな、《風の騎士》をひそかにひどくおそれている……だから、その怒りにふれることがないよう、鞠躬如《きっきゅうじょ》としていうことをきいている、というのが……一番、考えられることだ）

（だが、そのようにおそれさせる何があるのだろう——確かに武術にはたけているようだが、あのイシュトヴァーンのように、とてつもない狂戦士である、という印象ではなかった。——こういっては何だが、俺ならあの程度の相手なら、一合とはかからず組み伏せてしまうだろう。俺が素手で、あちらがムチと剣を持っていたとしても、さして恐るるべき相手ではない、という気はする——あのムチづかいがかなりやっかいだろうが、まあ、普通よりはかなり使える、というていどのことだ——イシュトヴァーンとは相当違う）

（だから、イシュトヴァーンのように——素晴しい戦士として恐れられ、かつ崇拝されて、軍勢の畏敬を集めている、というわけでもなさそうだ——といって、スカール太子のように、そのおのずからなる気品と人徳で部下たちがどこまでも、いのちをかけてついていっている、というわけでもあるまい。——出はいやしくはなさそうだが、といって王家の出、というほどの気品や王の器などはあまり感じとれなかった。むしろ、あの村長に対する仕打ちなどは、けっこう反感をもつものもいそうな気がしたが……）

（だが、ということは——イシュトヴァーンほどの使い手でもなく、スカール太子ほどに生まれながらの族長というわけでもない、しかしおそれられ、そしてみなが云うことをきいて付き従っている、ということは——）

（まだ、俺の見ていないなにか恐しい秘密でも、あの仮面の下にひそんでいるのか？それとも、何か——圧倒的な餌ででも、つっているということか——それとも……）

グインの思惟ははてしがなかった。

夜はしだいに深まりゆき、だが光の騎士団は休むようすさえ見せなかった。決して早くはないが、ひたひたと着実に進軍してゆく。やがて、グインは、森の間道を抜けてむこうに赤い街道のひろがりが見えてきたのに気付いて足をとめた。すでに光団は赤い街道に戻ったのだろう。

赤い街道に戻れば、かなり速度はあがるだろう。グインは少し速度をあげ、だが木から木づたいに身をひそめながら、街道筋に近づいてみた。赤い街道が月に照らされてひっそりと南北にのびている。彼方には黒々と深い森につつまれた山々の稜線が見える。無数の散り敷くような星々も、月が明るく照らし出しているその光景を上から見下ろしている。そのあかりで、世界はかなり明るく、赤い街道の少しさきをゆく光団のうしろすがたが世にもあやしい幻のように見えていた。何も知らず、夜半にこの街道を急ぐ旅人がいたとしたら、この一行とすれちがったらやはり、何かぶきみな幻影をみた、と思うかもしれぬ。

グインは、それを確かめると、だが自分は街道には戻らずに、街道のすぐかたわらの森のなかを、木々に身を隠しながら光団のうしろをつけていった。街道に入って、確かにかれらの速度も増していたが、それでも徒歩の捕虜たちはそんなに早く歩くわけにもゆかぬし、また縄でつながれている分いっそう不自由で速度があがらぬようだ。しんがりをつとめる騎士たちの小隊は、ときたま馬をやすませて速度を調節している。先頭の《風の騎士》たちの部分とは、かなり、距離にも開きが出来てしまっているようだ。

その、ときであった。

うしろのほうから、荒々しいひづめの音をきいて、はっとグインはまた、木のうしろに身を伏せた。

赤い街道を、ガウシュの村のある方角から、馬をとばして疾駆してきた一騎があったのだ。かなり遅れて、そのうしろからも一騎。

グインは、その二騎が自分のひそむ前を通り過ぎ、しんがりの部隊に追いつくのを確かめた。それは首から赤い布をたらし、まぎれもなく光団の別働隊とみえた。

「団長殿は前か！」

追いついた一騎が大声で叫ぶのがきこえ、疲れはてた捕虜たちものろのろとふりかえって顔をあげた。

「どうした。ラミント、ゴロス」

「団長殿に報告せねばならぬ。大至急だ。異変があった。一緒にいった残りのものはみなやられてしまった」

「なんだと」

ただちに、しんがりをつとめていた小隊の隊長が伝令をとばさせたらしく、光団は赤い街道の上に停止した。疲れた捕虜たちはへたへたと街道のレンガの上に座り込む。青い月の光がその上にふりそそぎ、長い影をうつしだす。

グインは、木のうしろからさらに深まった、街道から見えぬあたりにもぐりこんで、そこをかなり急いで移動した。本隊の近くへと移動し、見覚えのあるあの銀の仮面がきらりと青い月の光に輝くのを確かめてから、またそっとそのへんに身を隠す。

「申し上げます。ご報告がございます」

ラミントと呼ばれた騎士はもうひとりをつれて、しんがりをかけぬけて先頭まで馬で隊列のかたわらをすりぬけ、《風の騎士》を認めると、急いで馬から飛び降りた。荒い呼吸になって横腹を波打たせている馬を同僚の手にわたし、あわてて膝をつく。

「どうした」

「御命令のとおりあの村から姿を消した娘と吟遊詩人を探しに参りましたところ、異様なものに出会いましてございます。その者が、われらが娘と詩人を見つけて連れ戻ろうとするところ、われらの邪魔をいたしましたので抜刀したところ、その者、まことに強く、あっという間にセロスとライモスの二人が切り倒されました。ムルスも負傷いたしました。その者がその娘と詩人を連れて逃げましたが、いかがはからいましょうか」

「何だと」

《風の騎士》の目が赤くあやしく燃え上がるのが見えるようであった。まわりにいた騎士たちがどっとざわめく。

「異様な者だと。どのように異様なのだ」

「そ、それがあの」

ためらいがちにラミントがいう。

「見たとおりに申し上げますと……その、その騎士は白馬に乗り、傭兵のよろいをつけておりましたが——その首から上を、顔を見られたくないのか、その——団長殿のように——あ、いえ、それとは違うのでございますが、布でおおい、目だけを出しておりまして……」

「何だと」

また《風の騎士》が云った。そして、すっくと赤レンガをふみしめて立ち上がった。

「そやつは仲間を連れていたのか」

「い、いえ、ただ一騎だったのでございますが、思いのほかに手ごわく——」

「馬鹿者が」

ぴしり、と《風の騎士》の手から、蛇のようにうねるムチがほとばしり、赤レンガのかけらが飛び散った。ラミントは悲鳴をあげかけてかろうじてのみこんだ。

「申し訳ございませぬ。しかしたいへんに強い相手で……」

「何にせよお前たちは大勢、敵は一人だったのだろう。それにむざむざと蹴散らされて逃げ帰ってきたのか。なんという情けない有様だ」

「申し——申し開きのしようもございませぬが……」

「そやつがあの女と詩人を連れて逃げただと」

「はい」

「あの女——フロリーだ。間違いない」

低い声が、《風の騎士》の口から漏れたのを、グインは聞き逃さなかった。

「逃してはならぬ。断じて、あの女は逃してはならぬのだ。よし、わかった。レノ。レノ」

「はッ！」

「緊急事態だ。団を二手にわけるぞ。レノは第一団から第五団と、第八団以降をひきい、村人どもと馬を連れてゆるゆるとガリキア方面へ南下せよ。明るくなる前にそのあたりで適当な野営地を見つけて皆を休ませて我々の戻るのを待っていろ。また、脇筋に入って、入りくちに例のめじるしをたてておけ。我々はそのめじるしを頼りにお前たちを探しあてる。そして第六団と第七団は俺が率いてただちにあの村に戻る。ラミント、案内せよ。その顔を覆った騎士というのは、村の近辺で会ったのだな」

「と申しますか――あの村のすぐ近くの池のほとりで……」

「なるほど。いずれにせよ、まずはその騎士とやらに会った場所まで我々を先導せよ。負傷したものはどうした」

「その場においてきてありますが……」

「では怪我人を収容できるよう、薬箱と、余分にカラ馬を二頭ひいてゆけ。第六団と第七団、ついてこい。ラミント、村で徴発したカラ馬をどれか乗り換えて先頭にたて」

「はッ！」

「かしこまりました」

いっせいに、騎士たちはきびきびと動き出した。夜通しの進軍の疲れもみせぬ、なかなかに鍛えられた動きであった。

「レノ、では、頼んだぞ」

「は！」

レノと呼ばれた年かさの騎士が残るものたちをまとめているのをしりめにかけて、

《風の騎士》はただちに馬首をかえした。

「急げ！　ラミント、行くぞ」

「はッ！」

そのさまは、一陣の疾風に似た。

さすがに、《風の騎士》を自ら名乗るほどのことはある、というべきか。馬をかって、みるみる黒いマントとその上の赤い布を風になびかせながら、速度をあげる。ラミントも、ほかのものたちも、あわてていてゆくのが精一杯のようすだ。

グインはちょっと一瞬考えた。それから、心が決まった。

素早くグインも移動した。こんどは、森のなかを、ありたけの速度をあげて、《風の騎士》のいったほうを追いかけた。人の足と馬の足では、本来はかなうべくもないとはいいながら、長い隊列である。《風の騎士》が指定したのはたぶん三十人ばかりの小隊が二つのようだった。光団の構成はそのくらいの小隊にわかれているのだろう。赤い街道は森の間道にくらべればかなり広いとはいえ、やはり騎馬で並んで通れるのは二列が限度である。《風の騎士》が非常な速度で先頭を疾駆していったあと、小隊二つはかなり長い細い列を作ってそのあとを追ってゆく。

グインは健脚をとばして敏捷に枝をくぐりぬけ、下生えをとびこえ、街道ぞいにできるかぎりの速度でその一隊を追った。それから、もう本隊が見えなくなるくらいまで待って、音もなく街道筋に近寄った。木の枝を何本かへし折り、その一本を投げ槍のように手に持って、しんがりを走っていた一騎の、馬の顔の前をかすめるように投げつけた。はっと驚いた馬が棒立ちになる。あわてて、騎手が「ドウドウ。ドウドウ」となだめた。

「どうした」

「馬がちょっと——大丈夫だ、先にいっててくれ。すぐ追いつく」

さきの一騎がふりむいてたずねるのへ、しんがりの一騎が答え、馬をなおもなだめようとした。グインはさらに思い切りその前を目にもとまらぬ速さで枝を投げつけて、馬の目の前を通過させた。あまりにも速かったので、それが何であるのか、騎手には見えなかったようだ。枝はバサリと街道を横切って反対側の草むらのなかに落ちた。

「なんだ——またしても、と、鳥か？」

あわてながら、また仰天して棒立ちになってしまった馬をなだめようとするところへ、街道におどりあがるなり、グインはうしろから馬に巨大な豹そのもののようにとびかかり、騎手を引きずりおとした。すばやく腕をまわし、口をおさえつけ、声が出せぬようにして、一瞬にして締め落とす。馬の手綱をすばやくひろいとって、馬が逃げ出さぬよう足でおさえたまま、その騎手の首にまいていた赤い布をひろいとり、自分のマントのフードをあげ、その上から布を首にまきつけてとめた。気絶した騎手のからだを、ちょっと考えてから、街道わきの草むらのなかに投げこむ。それから、グインはそろりそろりと馬に近づいた。

「よーし、いい子だ」

なだめ、かるく首すじを叩いてやりながら、馬を落ち着かせる。グインのトパーズ色の目にじっと見られたとたん、馬はまるでこの相手にさからうことは危険だ、とでも感じたかのようにおとなしくなった。

その首をなおも叩いてやりながら、グインは馬にひらりとまたがった。

「よし、俺はかなり重たいだろうが、頑張ってくれよ」

そっと話しかけると、馬の首に上体をふせるようにして、馬の腹を蹴る。馬は乗り手がかわったことにとまどいつつも、またぐんと重量が増したことに困惑しつつも、グインのなかに何かを感じるらしく、そのままただく足で走り出した。そのまましだいに早足に移行してゆく。

そのあいだに《風の騎士》たちの隊はかなり先へ進んでいたが、グインは距離を詰めすぎてしまわぬよう気を付けながら、馬をゆっくりめに走らせてかれらのあとを追った。

(あの男……)

(なぜだ。——《風の騎士》はフロリーを知っていた)

(それに、その——謎めいた一騎というのは——何だ。フロリーとマリウスが、光団のものに連れ去られるのを助けただと。何故だ……)

これは、グインにもまったく予期せぬ展開であった。

（何者だ、その男は――）

（まさかまた、グラチウスだの――あちら系の連中のしわざだというのではあるまいな……もう魔道師はごめんだ）

（だが、騎士というからには……ウーム、わからぬ）

（まあいい――わかるものなら、そやつを見ればわかるだろうし、わからぬものなら、見てもまったく知らぬ人間だろう。なぜ助けたかなどということもいまここでは、推測しようもない）

（だが、ひとつだけ確かなのは、あの《風の騎士》を名乗る男がフロリーの名を知っていた――いや、顔を見ただけで、それが山あいにひとりで暮らすローラなどという村の女ではなく、フロリーという名前だ、ということを見分けた、ということだ。……つまり、あの男は――フロリーとのあいだに接点があった男だ……）

（ますます、妙なことになってきたな。――これは、よほど気を付けて動かぬと――俺にはわからぬ何か裏の事情がいろいろとからんでいるような気がするぞ……）

（いずれにせよ、当分は俺の存在を誰にも知られてはならぬ、ということかもしれんな……）

馬はさすがに重いらしく、あまり速度が出ない。それを、なだめなだめ、どちらにせよあまり速く走らせて追いついてしまいたくはないのだ。何回か馬から下りていたわってやり、また騎乗して走らせたりして調節しながら、グインは、もう《風の騎士》の隊も、光団の本隊もまったく見えなくなっている赤い街道を、ただ一騎、青い月の光をあびながら馬を北東へ走らせていった。

またどこかで夜泣き鳥がこんどは何に驚いたのか、甲高い切り裂くような鳴き声をあげる。夜はまだまだ深く、そしてあたりは一面に深いしじまに包まれていた。人家のあかりなど見渡すかぎりどの山肌にもひとつもない。やがて遠い水音が、川が近いことを告げ知らせはじめてきた。

第三話　炎の舞

1

(川のせせらぎがきこえる——川が近い)

(その川が……雨が池に流れ込むものであれば——ガウシュの村も近い)

グインは、また馬の歩みを遅くさせ、それから、いったん馬から飛び降りた。それほど遠くない先に、先に行った光団の別働隊、《風の騎士》の率いる一隊の気配を感じた気がしたのだ。かれらもとりあえずガウシュの村を目指してはいるが、ずっともう一ザン近く駈け通している。そろそろ馬を休ませようと考えるころあいだろう。

グインは馬を街道わきの草むらに誘導し、そこの枝につなぎ、草を勝手にはませてやりながら、また街道のかたわらの木立ぞいに身を隠して、偵察に出てみた。グインのカンに狂いはなく、それからいくらもゆかぬうちに、いったん馬をとめて休んでいるようすの《風の騎士》の一隊のすがたがあった。そのまま馬を駆けさせていればそのなかに飛び込んでしまわぬまでも、かれらのほうから見えてしまうあたりまでいっさんに駆け入ってしまうことになったかもしれぬ。

グインはまた何か情報がきけるかとそっと注意しながらその近くまで忍び寄ってみたが、今回のは本当に純粋な休息、むしろ馬をやすませてやるためのひと休みにすぎなかったとみえ、待つほどもなくすぐに《風の騎士》が立ち上がった。

「よし、行軍再開する」

「はッ！」

「ひとまずガウシュの村に入る。それからラミントの案内によりその謎の騎士というやつと出会った場所を目指す。こののちはあまり長い隊列にならぬよう、速度は落ちてもかまわぬゆえ、迷わぬよう、見失わぬよう、ぴたりと前のものについて進め」

「かしこまりました」

「心得ました！」

いらえが起こって、また騎士たちは馬上の人となる。休んでいるあいだには、かぶとをはずしてほっとひと息いれているものも多かったので、しだいに低くなってきた月の光で、グインのよくみえる目には、騎士たちのかぶとの下からあらわれた素顔がよく見えた。

それほど年輩のものはいないが、中には数人、初老といっていいものも混じっている。

だが大半はまだ若い。ほぼ全員がモンゴール人であると見えたが、グインの目をひきつけたのは、その八割くらいのものが、とても、生まれ育ちのいやしい傭兵稼業のものとは見えなかったことだった。

（この騎士たちは——よく訓練されていると思ったが、あるいは……もしかして——）

ことさらに、《風の騎士》がおのれの身辺に同行させる隊として選んで指名したことに意味があるのかもしれないが、もしかすると、これはただのかきあつめ、よせあつめの傭兵部隊ではないかもしれぬ——という奇妙な感想が、グインの心をかすめた。

（みながみなとはいわないが、多くのものが、あのハラス青年とどこか印象が似ている——あえていえば、育ちのよさそうな、ちゃんと教育を受けた、というような顔にみえる——それにあまり田舎育ちという顔つきではない。……もしかすると、これは——ハラスと同じく、旧モンゴール軍の残党を中心として組み立てられている軍勢なのかもしれぬ……）

それをひきいる首領たる《風の騎士》の、ゴーラ王イシュトヴァーンへの憎悪の深さ。アムネリス大公への傾倒をはっきりと示すそのことば。

それらからしても、その可能性は強いだろうとグインは思った。

（残りのものはわからぬ——半数くらいは、傭兵をかきあつめて訓練したにしても、中核となっているものたちは、ハラスとは別に旧モンゴールの残党の騎士たちがイシュトヴァーンによるモンゴール支配に反発し、集まってこの《風の騎士》を首領にまつりあげた、というそういう部隊なのではないか……）

だとすれば、その部隊が名をあげてゆけば、当然ハラスたちの一味の生き残りと合流する可能性もあろうし、また、マリウスの話によればそこかしこの地方でイシュトヴァーンの支配に反抗して反乱の火の手をあげることがあいついだ、という、旧モンゴールの軍人たちが、しだいしだいにこの部隊への参加を求めてきて、イシュトヴァーンでも無視し得ぬほどの大人数にふくれあがる、という可能性もないわけではない。モンゴールという国については、いまのグインはよくは知らなかったが、マリウスが道すがら教えてくれたかぎりでは、かなり尚武の気性も強く、また、滅び去ったモンゴール大公国への敬慕の心もいまだにきわめて強いらしい。

（モンゴールはヴラド大公がまだゴーラの一騎士長であったときに、手柄をたててその見返りとして小さな開拓地を下げ渡されたことからはじまった、ごくごく若い国家で、自由開拓民たちが移民してきて作り上げた国だからね。モンゴールの国民たちには、この国は『自分たちが作った国だ』という気持がことのほか根強いんだよ。——それに、ヴラド大公一族への愛慕の念が強い。……黒竜戦役でモンゴールが破れ、連合軍の占領下に入ったとき、ヴラド大公家のものたちは、あとつぎのアムネリスひとりを残して惨殺された。といっても大公はもう死んでいたから、それほど血族も多くはなかったんだけれど、とにかく大公の血をひくものはアムネリス以外、みんな――十五、六の少女までも殺されたといって、アレナ通りの人たちは悲憤慷慨していたっけな。――それはイシュトヴァーンとは関係ない、むしろイシュトヴァーンはあの当時は、クムに幽閉されていたアムネリス公女を救出し、モンゴールがクムから独立を取り戻す立て役者になった救国の英雄として、きわめて敬愛されていたっていうんだけどね。まあ実態はぼくはよく知ってるけどとてもとんでもなかったと思うけれど――でも、その後イシュトヴァーンが裏切り者として裁判にかけられたりするようになったことはね――なんかいろいろ裏の複雑ないきさつがあったようなんだけど……でもたしかに、そのいろんなことは別としても、イシュトヴァーンのその後のモンゴールへのしめつけはあまりにきびしかったんだろうと思うよ。ぼくは、その後モンゴールをはなれて、ケイロニアへいってしまったから、その後のモンゴールでのゴーラ支配への反発や、抵抗運動についてはあんまりよくわからないんだけどね。――そう、グインは覚えてないだろうけれど、キタイから救出したぼくと一緒にトーラスの下町のあの〈煙とパイプ亭〉を訪れ、そしてぼくの妻のタヴィアと娘のマリニアを連れだしてケイロニアへ同行したのだって、グイン、あなただったんだよ）

そのへんの話になると、いまのグインにとっては、何をいわれてもかいもく見当がつかない。マリウスの話はあまりにもこみいっていて、それを追いかけていても、いったいどこで誰が何をしているのか、マリウスの妻も娘も知らぬグインには、想像のつけようもなかった。ただ、マリウスの話をきくほどに、自分が、不思議なほどにあちこちでさまざまな人間の運命に深くからんでいたのだ、ということが明らかになってくるばかりだ。

(前にも思ったが——本当に、それだけのことを、ひとりの人間がすることが可能だったのか、と思うほどに——たくさんのことが、俺をめぐって、あるいは俺の力がからんでおこっているようだが——)

それだけに、うかつには動けない、とグインは思う。ことに人里が近くなってくるにつけて、その思いは強かった。

(あの《風の騎士》というやつも——なにものかは知らぬが、万一モンゴールとなんらかの深いえにしのあるものであれば、必ずしも——俺とまったく面識がないとは限らぬ……逆に、俺となんらかのつながりがあるものかもしれぬ。よきにつけあしきにつけだ……)

それが、よいほうであった場合はまだいいが、悪いほうであった場合を、グインはひそかにおそれた。だが、それをいまここで考えていても仕方がない。それをいったら、グインにはわからぬ以上、どのような相手にもどのような過去のからみがあるやも知れないのだ。

（その、マリウスとフロリーを助けたという謎の騎士とても……俺をよく知っていて、過去になんらかのひっかかりがあり――敵にせよ味方にせよだ――だが俺のほうは記憶を失っていて思い出すことのできぬなにものかである、という可能性も捨てるわけにはゆかぬ……）

それを思うと、グインは、ときたま、瞬間的にではあったが、こらえきれぬほどの激しいもどかしさに、おのれの豹頭をかきむしりたいような思いにとらわれることがあった。なまじ、何もかもわからぬままだった、あのノスフェラスのセムの村にいたころよりも、しだいに過去がさまざまな情報によって明らかにされて来、だがそれについての本当の実感はもつことが出来ず、どこまで信じていいのかもよくわからぬままに、次々とあらたな情報だけが増えてゆく、という、いまのこの状況のなかでのほうが、いちだんともどかしさは強い。

ことに、イシュトヴァーンと、そしてマリウス――特にマリウスとの道中によって、グインの、おのれ自身のなしてきたことへの知識は飛躍的に向上していたし、《この世界》そのものについての知識も非常にひろまっていたが、本来はおそらく、ひとというものは、長いあいだ生きてゆくあいだにおのずとそうしたさまざまな知識を蓄積してゆくものなのだろう。それにくらべると、いかにグインの記憶力がひとなみはずれてすぐれているといっても、一気にそうして詰め込まれる――しかも、ひとから「話をきく」

というかたちで詰め込まれる知識というものは、なかなかに《生きた》知識となって自分のなかにたくわえられることがない。知識として知ってはいても、いざというときに実感がなかったり、またその根本につねに（信じていいのだろうか？）という微妙な不信感が揺曳《ようえい》していたりするのだ。

《風の騎士》の一隊がふたたび短い休憩をおえて、こんどはかなり粛々とガウシュの村を目指して進んでゆくのを、かなりあいだをとってから馬を街道にまた連れ戻し、それに乗らずに手綱をとって街道を歩いてあとを追ってゆきながら、グインはなおも心の一部で、ずっとその思念にとらわれていた。

（イシュトヴァーンとマリウス——イシュトヴァーンと俺——俺とマリウス……いずれも、ひとかたならぬひっかかりがあったようだ——それも、ずっと過去に、一回だけではなく……）

いまのところ、純粋に、グインとまったく面識のなかった存在、としてあらわれてきているのは、グインにとっては、フロリーとスーティだけだ。セムの村びとたちも、ドードーをはじめとするラゴンたちも、すでにグインがはじめて意識をとりもどしたときからグインをよく知っていて「リアード！」と呼びかけたし、その後、ハラスを助けたときも、ハラスのほうはグインについてよく知っていた。

名前をきいて知っていた、という意味だけでならばフロリーと同じだが、フロリーのほうは純粋にうわさ話にきいている程度のものでしかなかったらしい。いっぽうハラスにとっては、グインは、さまざまなその業績と結びついた《名高い英雄》であったようだ。そして、むろん、イシュトヴァーンも、その側近のものたちも、グインとイシュトヴァーンのあいだにあったさまざまないきさつについては、程度の差こそあれみなよく知っていたようだった。

（俺以外の人間がみな、俺のことを知っているという――この……言いようのないもどかしさは……）

それが、自分から、思いきった行動に出たり、積極的に自分から何かを決断することをどれほどさまたげていることか、はかりしれぬ――と、グインは思った。

自分が本当はどのような性格の人間であったかも、はっきりとは断定できぬが、それにしても、《いまの自分》に対して、何か奇妙な違和感がつねにつきまとっている。それは結局のところ、どの情報をどこまで信用していいかわからない、ということが根底にあって、どうしても、それらの情報を自由自在に使っておのれの判断によってものごとをすすめてゆく、ということが出来ぬからだろう。そしておそらく、本来の自分は、そのようにしてどんどんものごとをすすめてゆくことをこそ好む人間であったのに違いない。いま、おのれのうちにつねにひそんでいるいいようのない違和感や気持の悪さは、主として、そのあたりからきているように思われてならない。

(俺は……一生、このまま──すっきりせぬまま、ものごとをしてゆかなくてはならぬのだろうか……)

自分が、最初にこの世界にあらわれたときにも、やはり記憶を失ったままだった、ときかされて、衝撃を受けたときにも、そのとまどいはあった。

だとすれば、自分は記憶を失ってあらわれ、そしていままた自分の失ってしまった記憶というのは、その、記憶を失ったままルードの森にあらわれてからこっちだけのもの、ということになる。それ以前の記憶のほうが、どう考えてもかなりたくさんあるはずだ。少なくとも、いま現在自分が何歳であるのかは正確にはわからなくとも、ルードの森に最初にあらわれたときに、幼い子供でなかったことははっきりしている。それはいまから七年前ていどのことだ。ということは、そのときにおのれがたとえば三十歳前後だったとしても、それより前の人生のほうがかなり長い、ということになる。

(だが──記憶を失っていたことを、その──今度ノスフェラスにあらわれる以前の俺は、あまり気にしていなかったらしい──内心はどうかわからぬが、少なくともマリウスはそのように見えた、というようなことをいっていた。──そして、今度失った記憶は……俺がそのルードの森にあらわれて以降この世界でやった実にたくさんのこととかかわりがある──だから、俺はこんなにもどかしく、不安になるのだろうか──いつも、どこか、自分が間違っているような──ひどく不安定で、落ち着いていられぬ心持になってしまうのだろうか……）

おのれが、いつか、安息をとりもどし、自分自身を見出すときは来るのだろうか、と

グインは切実に思った。

（どのような無力なとるにたらぬものたちでさえ、俺の持たぬその安息と自分自身との

一致だけは、苦もなく持ち合わせることが出来ているのだろうに——）

あの、ミロクの村の住民たちの、祈りにみちた歌声が耳によみがえる。むろんもう、

ガウシュの村をめざしたものたちの声は聞こえなかったし、レノが率いてガリキア方面へ去っていった若い男たちが歌っていた歌ももちろんもう聞こえない。老人たちの足では、一晩やふた晩で、ガウシュの村に戻ることは難しいだろう。途中で何回も助け合って休みながら、たぶん、かれらはこのあたりに詳しいだろうから森のなかで木の実などをとってとりあえずの飢えをしのぎつつ、とぼとぼとかろうじて数日かけて自分たちの村にたどりつくことになるのだろう。それまでには、もう、《風の騎士》たちは用をすませてガウシュの村をとっくに立ち去っている可能性のほうが強い。

（食糧をすべて奪われたといっていたな……）

このさき、厳しい季節がきたときに、老人ばかりが残されたそのミロクの村がどのような運命をたどるのか、それもグインには気になっていた。だが、逆に、このゆたかな緑の森のなかにいて、また雨が池のような、豊富に魚介類をひそめていそうな湖水のか

たわらに住まっているのだ。餓死するようなことはないだろう。

(むしろ、連れ去られた男たちがどうなるか――そのほうが心配だろうが……)

それはグインにも、このさきどうなるのかまったく見当もつけようがない。また、おのれが、それに対してどのように介入してやったらいいのかも、やはり例のもどかしさもあって、まったく見当がつかない。

(ハラスとその仲間たちが――目の前で殺されようとしていたとき、俺は思わずも介入してしまったが……)

そのために、逆に、ハラスとともに捕らえられ、イシュトヴァーンの軍勢に連れ歩かれ、そこからさらに脱走して、結果的には、ハラスの生き残っていた仲間たちも全員がイシュトヴァーン軍に虐殺される結果を招いてしまった。ハラス自身もイシュトヴァーン軍に捕らわれたままだ。それを思うと、もう、グインは、おのれが迂闊に介入することが恐しくなっていた。

(まして、イシュトヴァーンよりももっと――あの《風の騎士》というやつは、得体が知れぬ――勿論口でいうとおり、本当の目的はイシュトヴァーン・ゴーラをたおし、モンゴールの独立を取り戻すことなのではあろうけれども――それにしても――)

(どうもわからぬ――あの長に対する仕打ちなどをみても――イシュトヴァーンのように残酷なのかどうかわからぬが、それでいて酷薄であるのも確かだ。あのちぐはぐな感

じは——あの不自然なぎこちない、操られている人形めいた感じはどこから来るのだろう）

それを考えれば、確かにあの《風の騎士》には、何かの秘密がある。もっとも手っ取り早くそれを知るためには、やはり、あのかぶっている銀の仮面をひきはいでみることなのだろうか。

（もっとも——ひきはいだところで、俺はたぶん——その顔をみても、それが誰なのかを思い出すことは出来まいが……）

マリウスならば、知っているだろうか。

いや、それよりも、《風の騎士》はフロリーを知っていた。ということは、フロリーのほうでも、《風の騎士》を知っているかもしれぬ、ということだ。

（かれらが会ったら——何がおこるのか？　そして——幼いスーティの存在を、《風の騎士》が知ったとしたら……）

あれほどにイシュトヴァーンに対して憎悪と復讐の炎を燃やしている《風の騎士》が、イシュトヴァーンの血をひく幼な子の存在を知ったとき、何がおこるのだろう。

それを考えるのが、グインは恐ろしかった。——というよりも、いまの、おのれを信じることのできぬもどかしさと、そしてどうやってその記憶を取り戻すことが出来るのかわからぬ恐怖にとらわれているかれにとっては、ただひとつ、考えるまでもなくはっきりしているものこそが、（スーティは——守ってやらねばならぬ……）ということであった。フロリーもともに、ということでもよい。いずれにせよ、フロリーもスーティも、何の罪もない、しかもただの旅の者として訪れたグインたちに非常によくしてくれた親切な者であった。それだけでも、グインにとっては、かれらはその無力さともあわせて、何もあれこれとややこしいことを考えるまでもなく、どのような危険からも、守ってやらなくてはならぬ、と感じることのできる存在であった。

（だが……一度でも、そのような存在があることを知られたら——おそらくは、ああして、どれだけ深い無人の山奥に逃げ込んでひっそりと身を隠していようとも……いずれは、欲得づく、あれこれと計算づくのものたちが、探し出し——《イシュトヴァーンのおとしだね》を利用しよう、とするのだろう……）

そのさいに、フロリーが、哀れなほどに無力であるのも、あまりにもはっきりしている。また、フロリーがあれほど信心するミロク教も、あのミロクの村の人々を救ってくれるいかなる役にもたたなかったのと同じように、フロリーとスーティを苦境から救う役にはたたぬことは確かなことだ。

（まあ……魂の平安を与えてくれる役にだけはたつかもしれぬが……）

だが、フロリーはまだしも、すっかり自分になついて、グイン、グインとすがってくる、まだ二歳の幼いスーティに、ちょっとでも危険が及ぶなどということは、グインは想像しただけでもいやだった。

(たとえ、その父親にどのような罪があろうと——あの幼な子にだけはいかなる罪もありはせぬ。——あの汚れないあどけない赤ん坊に、その父親の流血や残虐の罪のあがないを求めるなど——許せぬ)

スーティのこの先の人生を考えると、グインは、いまからかなり暗澹とした気持にさいなまれた。守ってくれるうしろだてなどもないままに、あれほど無力でかよわい母のフロリーと暮らして、スーティには、無事に成人する見込みはどれだけ残されているのだろう。イシュトヴァーンの血をひく仇のかたわれとしていのちをねらわれる、というような可能性だけではなく、イシュトヴァーンへの恐喝の道具や交渉を有利にするための武器として誘拐される、というような危険性も含めて考えれば、もし万一にもスーティの存在と本当の素性が知れ渡ってしまったときには、スーティが無事に来年の誕生日を迎えられるかどうかだってあやしいものだ。

(だが——といって、父親のもとに連れてゆく、というのは——逆にもっと凄惨な骨肉の争いにあの子を巻き込むことになるのかもしれぬしな——マリウスの話では、イシュトヴァーンにはもう、その自害したアムネリス大公とのあいだに、一子ドリアン王子というのがいるのだから……)

イシュトヴァーンの宮廷の事情はわからぬが、もしもあらたなそうしたイシュトヴァーンの子供が登場してきた場合、必ずや、それにくみしておのれに有利にしようと考えるものも、また逆にドリアン王子の側にたって、あらたな登場を邪魔だと考えるものも出てくるのが、一般の社会の事情というものだろう。

（そう考えれば——確かにフロリーの選択は正しい。スーティは、こうして誰も知られぬ山奥にひっそりと育つのが一番いいことだと俺も思うが——）

しかし、いまはまだこの年齢だからよいが、いずれは、そうして孤独に、友達もなく、勉強を教えてくれるものもなく、あたりまえの社会について知るすべもなく育ってゆくのはとても無理になるのだろう。

（が——まあ、スーティの将来についてここであれこれ考えていても仕方がない。それよりも、いままさにスーティの存在を——少なくともあの《風の騎士》に知られぬことのほうが先決だ——）

グインは、首をふって、おのれのその、どんどん暴走してゆきそうな思念をはらいのけた。

（将来もさることながら——すでに、スーティの上には、最初の試練がふりかかろうとしているのだから。——フロリーはどうしているのだろう。あのラミントという男の話をきいた限りでは、フロリーたちが、その謎めいた騎士に助けられたというのは、フロリーのあの小屋周辺の話ではないようだった——ラミントは、雨が池を渡る話など、何もしておらなかったからな。――それとも、馬でぐるりと雨が池をまわりこんで発見したのか、それにしてはやや時間が短いが――だが、俺はフロリーとマリウスに、スーティをつれて小屋に戻り、そこに身をひそめているように命じた。もし、それに従わなかったとすると――フロリーはガウシュの住民たちの運命を案じてまた対岸から戻ってきてしまったのか？　それとも――）

（あの老婆をでも、同行するためにまたうかうかと戻ってきてしまったか？　そこを、ちょうど、フロリーを拉致する指令をうけて戻っていったラミントたちの隊とぶつかったのか？）

（こうなるといっそ――ガウシュの村のものたちの運命はマリウスに偵察してもらい、俺がフロリーとスーティを守って居残っていたほうがよかったかもしれんが――それもまあ結果論だ。――ともあれ、こうなると《風の騎士》がフロリーたちを探し出すかどうかだな……）

グインの思案はそれからそれへと、はてしもなかった。

2

だが、そうするうちにも、むろん、馬をひいた彼はよどみなく赤い街道を、《風の騎士》の一団を追って歩いていったのだった。もう、記憶にあるガウシュの村は程遠からぬはずであった。そろそろ、夜もなかばをすぎようとしている。あわただしい、一睡とても出来なかった一夜であった。まだグインの強靭なからだは一晩や二晩の徹夜ではさほどの疲れをうったえてはおらぬが、それとてもいずれは限界がくるに違いない。そのことも、念頭におかぬわけにはゆかなかった。おのれの体力をあてにしてはいたが、それもこのところの厳しい、イシュトヴァーンの虜囚となっての強制的な行軍や、また山火事からの逃避行、そしてそれにつぐ、マリウスとの旅でかなりいためつけられている。いや、マリウスとの旅でむしろずいぶんと回復にむかったとはいうものの、つねに眠るのは森の木陰の草の上、口にするものもマリウスが手にいれてきた食物を不規則に、というような生活の連続で、とうてい、休息も栄養も万全というわけにはゆかぬ。

いまはまだ、どこもとりたてて衰弱したり、体力がひどくおとろえているというきざしがあるわけではなかったが、そのうちにゆっくりと休息できる日を計算にいれておかぬと、肝心かなめのときに思ったようなはたらきが出来ぬかもしれぬ——ということは、さしものグインも感じていた。むしろ、フロリーの家でスーティと過ごした一日が、このところでは最大ののんびりとした休暇といってよかっただろう。

（それだけでも——スーティのことは、助けてやらねばならぬな——ある意味では、恩人といってもよいくらいなのだからな）

グインは、いまや中原に名だたる《流血王》をはからずも父に持つにいたった薄倖な運命の子の将来が、ひどく心にかかっている。

《風の騎士》の一行は、ふたたび行軍を再開し、そしてどうやらガウシュの村へ曲がってゆく曲がり角を無事に見つけたようすであった。グインがそっと首をのばして様子をみると、隊列が森のあいだに入ってゆくのが見えた。それは確かグインにもなんとなくまわりの光景が見覚えのあるあたりであった。それにせせらぎの音も、水のにおいもひときわ大きくなっている。ガウシュの村が近いのだ。

といってもいまはガウシュの村は無人のはずであったが——グインは、ガウシュにむかう曲がり角の近くにきて、馬をはなしてやった。もう、この上、馬で追いつく必要はなさそうに思われた。もしまた必要とあれば、今度は《風の騎士》の部下たちの誰かの馬を奪い取るといった方法を講じればよい。

そのまま、グインはまた森かげに踏み込んでいった。もうかなり、あたりは明けそめてきていて、進むのはたやすかった。その分、光団のものたちから見つからぬように、ふたたび茂みに身をひそめながら、ガウシュの村の方角へと進んでゆく。だが、それほどゆくまでもなく、こんどはちらちらと、木々のあいだに人影や、黒いマントの上にちらつく赤いしるしの布などが見えてくるようになった。明るくなってきた上に、あたりは森の細道になって、騎馬の光団のものたちはぐっと進む速度が遅くなったようだった。

グインは考えて、そっとその光団の軍勢から離れる方向に茂みのあいだをぬうように進むと、下生えの草ですねのあちこちにひっかき傷をつくりながらも、大きくまわりこんでガウシュの村をめざした。どうやら、こうなると単身で身軽な自分のほうが先にガウシュの村に入れそうだ、とふんだのだ。その考えはたがわず、ほどもなく、木々のあいだに、見覚えのあるガウシュの村の、一番はずれにあった家の屋根がのぞけた。

グインはフードをさらに深くひきおろし、裏手からまわりこむようにして、人家のある一角に入っていった。相変わらずしかしガウシュの村は無人のようであった——当然であった。連れ去られた村人たちは、若いものたちははるかなガリキアのほうへとさらに遠く連れ去られ、そして老人たちの足ではまだ当分、村に帰りつくのは無理だろう。

グインはこんどは、さらに慎重に人家のようすをうかがいつつ、家と家のあいだの耕作地をぬけ、村の中心部へ戻っていった。あるいは——と思ったのだが、どこにも、むろん、フロリーやマリウスのすがたはなかった。村はやはり無人であった。

光団のものたちもそろそろ村の圏内に入ってくるころだろう。グインはかれらから姿を見られぬように、注意してものかげからものかげへとぬうようにして村を横切ると、ためらわずに雨が池のほとりの船つき場を目指した。お化け柳の下にも誰もむろんいるようすはなかった。フロリーたちがこの、村の周辺にとどまっているようすがないことを確認すると、グインは、村の船つき場におりていった。

船つき場に、この村のものの持ち物なのだろう、小さな小舟がいくつかつないであることは、ついてお化け柳の周辺を検分したときにわかっていた。それを一艘、もやい綱をとくと、グインは素早く小舟に乗り込んだ。そのまま、櫂をとりあげ、ぐいと岸を強く押して離れ、湖水の上に出る。グインは、櫂をあやつり、かなりの勢いで漕いで雨が池を渡った。湖水はまんなかの小さな島のあたりまでゆくまでは、わりあいに見晴らしがいい。湖水の上に小舟が一艘、対岸を目指していることは、湖畔に光団のものたちがきたらすぐにわかってしまうだろう。だが、グインは、光団がまずはガウシュの村の家家を、くまなくフロリーたちの姿をもとめて捜索することに時間をかけるのではないか、ということに望みをかけていた。

そのまま、ありったけのさいごの力を振り絞って小舟をこぎながらも、うしろから、光団のものたちの「おおーい。おーい」という声がかかるのではないかと気が気ではなかったので、グインは、中の島を通り過ぎて、その島かげに小舟を無事にすべりこませられたときにはひどくほっとした。そして、かなり疲れがたまってきていたが、そのことも忘れて、なおも残り半分をこいだ。

幸いにしてその湖水は、湖水というのは名ばかりのような小さな池であり、フロリーの細腕で漕いでさえ、一ザンとはかからずに対岸につけるていどのものであった。グインのたくましい腕であやつる櫂は、いくばくもなく、グインをもとの岸に運び戻してくれた。

小舟を岸につけ、飛び上がると、グインは小舟のもやい綱をひいて、岸にそって少し歩き、すぐには発見されなさそうな、岸辺の草の茂っているあたりまでひいてゆくと、そこにもやい綱を湖畔の立木にまきつけて小舟を隠した。それから、なおもひと息いれることもなく、そのままフロリーの小屋まで早足に戻っていった。

さすがにかなり疲れてきていたが、そうも云っていられなかった。が、フロリーの小屋に近づいたときにはさしものグインも不安に胸をはずませていた。

しかしその、（何事もなく小屋に戻っていてくれればいいが――）というグインの期待は裏切られた。フロリーの小屋にたどりつき、その懐かしい丸太の戸を叩いてみても、なかからは何のいらえもなかった。グインは思いきって戸を開いてみた。戸は無抵抗に開いた。中は、もぬけのからであった。

小さな小屋のことである。すみずみまで探すまでもなく、小屋のなかに誰ももはやいないことはひと目でわかった。それでもグインは念のためにあたりをあちこち探してみた。小屋の周辺も探した。どこにも、何かの狼藉がおこなわれた、という痕跡もなかったかわりに、フロリーやマリウスやスーティが、この小屋に戻ってきた、というようすもなかった。

（いや——待てよ……）

グインの目が細くなった。

（スーティの衣類が入った箱がない。——一度、ここでスーティと一日留守番をしていたときに、汚れたスーティの衣類を着替えさせてやって……）

そのときに、スーティが教えてくれた——わずかばかりの、だがフロリーの優しい心づくしで清潔な質素な衣類の入った小さな箱。

フロリーのわずかな衣類をいれた箱とひっそりと並んでいた、小さな箱が、木でつくった寝台のかたわらにあって、そのなかには、スーティの《宝物》もいろいろ入っているのだ、とスーティは得意そうに教えてくれたのだ。

だが、その箱は、グインの心覚えの場所には見あたらなかった。

（他の場所にもない。——ということは、持ち出したのだ——ほかのものならともかく、スーティの衣類と《宝物》など——俺と落ち合うために湖水を渡るときにわざわざ持ち出すわけもない。――つまり、フロリーは一度戻ってきた公算が高い。……そして、スーティの衣類と宝物箱だけを持って……また出ていった――しかも、鍵をかけないで)

(何もほかに荒らされた痕跡もない。フロリーの衣類はそのままになっているし、台所もきれいに片付けられている。――マリウスのキタラもない)

(湖水のむこうで、その謎の騎士というのに助けられてから――ここに戻り、そしてスーティの持ち物だけを持ち出して、この小屋から出ていった――ということか。遠くに逃亡するのではないまでも、少なくとも、この小屋にいれば、いずれは追跡者たちに発見されるのではないか、とおそれて、小屋を捨てたか――身をひそめたか)

(ガウシュの村にはまったくひとがひそんでいる様子はなかったし――何回か、きゃつらには聞こえなさそうな場所を選んで、フロリーやマリウスの名を呼んでもみた。――お化け柳のあたりでもよばわってみた。……もしかれらがまだあのあたりに隠れているのなら、俺の声をきいて、出てくるだろう……だがガウシュの村はひっそりとしずまりかえっているだけだった)

(その騎士というのが何者で、どのような目的をもっているのかにもよるが――少なくとも、もしもここに戻ってスーティの私物を持ち出す手間をかけたのであれば、必ずしも、敵対的な目的や態度をしているのではなさそうだ。――そうであればもっと小屋のなかも荒らされているかもしれぬ。だとすれば――その騎士はフロリーないしマリウスのあらかじめ知っている人間で……俺と別行動になってしまったので、その騎士を頼りに、追跡者からとりあえず逃げようと身を隠したか……）

グインは一瞬、どうしたものかと考えこんだ。

だが、それから、大きく肩をすくめた。考えても、しかたがない、と腹をきめたのだ。

彼は台所にゆき、フロリーが清潔に整頓してある小さな台所をあさって、わずかばかりの食物を見つけた。空腹でしかたがなかったので、フロリーがこまめに作ってたくわえてあった保存食の、干し肉だの、干した果実だの、ガティの粉で作った固いパンだのを、かたっぱしからたいらげた。そうするあいだも、湖水をわたってその向こうから、光団の一軍があらわれてくるのではないか、という警戒はおさおさ怠らなかったが、空腹を満たしてとりあえずほっとすると、彼はまた肩をすくめた。

（いまここでじたばたしたところでどうにもならぬ。――また、もしかれらが俺のことを心にかけていれば、戻ってくるなり、なんらかの方法で俺の消息を知ろうとするだろう。だがマリウスは俺のことを知っているから、少なくとも、あちらからは俺の心配はせぬに違いない。――それに、もし本当に光団がかれらを発見したとすれば――それなりの騒ぎがおこって、それは俺には聞きつけられるか、なんらかの動きを見つけるかするだろう。……それまでは、とりあえず、俺にはなすすべもない。いたずらにこのあたりをかけまわってフロリーたちの行方を捜したところで、かえって体力を消耗するばか

りだ。――まあ、いまのところはしかたないか）

そう決めると、グインは豪胆にも、フロリーの寝台にもぐりこみ、そのまま目をとじて、瞬間的に眠りにおちてしまった。剣は抱いたままだったし、寝台を汚すのは勘弁してもらうことにして、サンダルもはいたまま、フードもかぶったままだった。どちらにせよ、小屋に何者かが近づいてくる気配がちょっとでもきこえれば、自分がさとく目をさますことはわかっていた。どれほど泥のように疲労していても、そのような点については訓練されているらしい、ということも、グインにはわかっている。

そのまま、グインは、前後不覚に眠り込んでしまった。もっともその前に小屋の戸に内側から鍵をかけ、そして心張り棒をかうことだけは忘れなかった。

そのまま、グインは、しばらく夢をも見ずにぐっすりと眠った。何も、小屋を襲ってくるものの気配などは近づいてくるようすもなかった。

（よく、寝た）

眠るときと同じく、グインの目覚めは瞬間的であった。どのくらい自分が眠ったのか、目をあけるなり、グインは窓にかけよって外のようすを眺めた。もうすっかり夜は明けきっているが、まだ、それほど日が高くなっているようすでもない。してみると、せいぜい、眠っていたのは一ザンかいって二ザンというところなのだろう。

だが、よほど深いねむりであったとみえて、体の疲労は嘘のように――すべてとはいわぬまでも、相当に回復していた。栄養をとり、ほんの少しでもきっちりと休息したおかげで、また体力の計器がすべて充足させられたような精気がグインのなかによみがえっている。注意深く、グインは外にでてあたりのようすを調べたが、どこにも、光団のものたちが近づいていたり、あるいは湖水を渡ってきた、という痕跡もなかった。湖水までいってみたが、グインの乗ってきた小舟も隠したままのところにあったし、湖水の上はきらきらと午前中の光が水面に反射して乱舞しているだけで、それをわたってくる小舟のかげもなかった。対岸は、ガウシュの村までは見えぬが、ここから見たかぎりでは、何か変わった動きがあったようにも見えぬ。木々が茂り、ひっそりと湖水にさざなみが寄っている。静かで平和な光景だ。

光団のものたちは、ガウシュの村をしらみつぶしに探して時間をとったのか、それともそこで何か発見したのか――と、グインは思った。ラミントという騎士は、最初どのあたりでフロリーたちを発見したのだろう。それは確かに湖水の向こうであったはずだ。それを頼りに、かれらはまだ湖水の向こうにいるのだろうか。おそらく、そうとしか思えなかった。

（まあ――小さいといえど、この湖水のほとりをくまなく捜索して、対岸のここまでたどりつき――フロリーのこの小屋も湖水から少し距離があるのだから、ここまで見つけるためにはかなりあたりを調べてまわらなくてはならぬからな……）

小屋が炊ぎの煙をでもたてていれば発見のしようもあろうが、フロリーの小屋は木々のあいだにひっそりとかくれていて、深い木々におおわれている。池をわたり、湖水のほとりからこちらを見ただけでは、とうていその山あいにそんな小屋があることは発見できまい。

（どうしたものか……）

グインはまた、休息する前の思案に戻ったが、こんどは体力が充分に戻っていたので、じっとここにひそんでなんらかの手がかりが舞い込んでくるのを待っている気になれなくなった。

グインは、池のほとりから小屋にもどり、またフロリーの台所から多少の食い物を持ち出して、かくしに入れると、水筒の水も補給し、そしてそっとフロリーの小屋を出た。その小屋を見捨てて、そのまま湖水のほとりまでまた戻ると、湖水にそって、西まわりにまわりこんでゆく。その間も、湖水を渡ってくる舟があるかどうかについては、ずっと細心の注意を払っていた。

湖水はひっそりと静まっており、ときたま魚が威勢よくはねたり、鳥がその魚をくわえに水面に舞い降りたりするだけであった。本当に深い山のなかだ——グインは奇妙に感心した。確かに知らなければ、こんなところにガウシュの村があるとは誰にも発見できまい。ましてや、フロリーの小屋においておやだ。マリウスが発見できたのは、よほどの偶然といってよい。

（それとも、あやつは吟遊詩人であるから、そうしたものには嗅覚がきくのかな。――そういう職業的な感覚のようなものもあるのかもしれぬ。だいぶん、こうした辺境をも旅して歩いたようだからな……）

グインはどこかから、マリウスの所在を示すかすかな歌声でも聞こえてはこぬかと耳をすましながら、湖水にそって、また半分ほど歩いた。

その足が、ふと止まった。

（きたな）

光団は、湖水を舟で渡る方法を選ばず、湖水にそって、陸路であたりを探索しながら対岸まで廻ってくるというやりかたをとったのだ。

予期していたのでグインは驚かなかった。すばやくまた木立の奥に入り込んで身をかくす。この湖水のまわりでは、一番広くなっているのは、湖水にそった岸辺だ。そこはちゃんとした道というのではないが、木々がとぎれ、下生えが池までのなだらかな傾斜をおおいつくしている。その岸辺の草を踏んで、もはや見慣れた感のあるあの銀の仮面が先頭に立って近づいてくるのを、グインは確認した。

（ということは……ガウシュの村周辺では、フロリーたちは発見されなかったということだ……)

「こちらで間違いないのだな、ラミント」

また深く身をしずめて聞き耳をたてているグインの存在も知るすべもなく、《風の騎士》があの特有の奇妙に聞き苦しいくぐもった声をあげるのが、グインの耳にひびいてきた。まだ騎乗のままなのはたぶんおのれの騎馬術によほどの自信をもっているのだろうものたちだけのようだ。半数ほどは、馬からおり、歩きにくい岸辺の草の上を、馬の手綱をひいて歩いている。

「その謎の騎士というものが、女と詩人をともなって向かっていったというのは、こちらの方角なのだな」

「間違いございませぬ。追いかけようと思いましたが、それよりもご報告せねばならぬと存じましてそのまま戻って参りました。湖水にそって、かどうかはわかりませんが、その者たちは、こちらの方角に森のなかへ飛び込んでまいりました。――女は子供を連れておりましたことはお話いたしたかと思いますが」

「子供のことはまだよい」

《風の騎士》の苛立ちをひそめた声が聞こえた。

「それよりも、こうしてあてもなく探しまわっていても、このあたりは山も深い。そんなわずかばかりの人数が身をひそめようと思えば、どこにでも隠れられるし、また、それを探しだそうにも、この人数でこのあたりのすべての山を狩るわけにもゆかぬ。――ふむ……ちょっと待て」

「は……」

「そうだな……」

ガウシュの村を捜索して、はかばかしい手がかりを得られなかったのだろう。夜通し、そうして探索に時間を費やしたらしい光団の別働隊の騎士たちのようすにも、本来力にみちた傭兵たちとしてさえやはり体力の限界にきつつあるのではないかという、疲労の色が濃い。

「だが――何があろうと、きゃつらを見つけださぬわけにはゆかぬ。――いや、あの詩人はまだよい。あの女だけは――何があろうとひっとらえぬと……」

「その女は……何者なのでございますか。団長殿」

ラミントがおそるおそるといったようすで質問した。《風の騎士》の、二つの裂け目にすぎぬぶきみな目が、じろりとラミントを見ると、ラミントはびくりと身を固くした。

「余計なことは知らんでもよい。――だが、最低限のことは教えてやろう。もしあの女が、まことにフロリーと名乗る女だとしたらな、ラミント、そやつは、アムネリス大公閣下のもっとも御寵愛だった侍女だ」

「大公閣下の御寵愛の侍女――」

驚いたように、ラミントも、そのまわりにいた光団の騎士たちも、声をあげる。

「そのようなものが、どうしてこのような山の中に？」

「モンゴールの滅亡にさいして、逃亡したのでございましょうか――？」

「いや、それどころではない」

《風の騎士》がゆっくりと云うのがグインの耳に入った。

「もしかしたら、我々は――大変な獲物を手中にしようとしているのかもしれぬのだ。あの女は、俺がのちに知った話では……アムネリス大公閣下を裏切って逃亡した。アムネリス閣下はいたく気を落とされたという話だった――その女に逃げられてな。その女は、どうやらこともあろうに、わが光団の怨敵たるイシュトヴァーンの手がついて、アムネリス閣下を裏切ったらしいのだ」

「イシュトヴァーンの手が……」

「そ、それは」

「さきほど、ラミントが、その女が子供を連れていたと申しておりましたが、それは、まさか……」

「おおいに、可能性があると俺は思う」

くぐもった声が、あやしくゆらいだ。

「その女はイシュトヴァーンの手がついたことをおそらく、アムネリスさまから知られぬために逃亡したらしい。アムネリスさまは、そのことはご存知ないままに亡くなられたという話だ——これも、俺にとっては、又聞きの情報にすぎぬゆえ、確認は出来てらぬがな。……だが、もし万一にも、その女がイシュトヴァーンとのあいだに生まれた子どもを連れているのだとすれば……」

「すれば——」

「それこそ、我等がずっと求め、求めてやまなかった最後の武器だ。——我等は、ついに、求めていたさいごの手がかりをつかんだのだ。……それを手にすれば、そのときこそわが光の女神騎士団が、モンゴール再興のための武器を手にしたといってよい。——イシュトヴァーンの血をひく子供。……それこそ、我等がパロなり、あるいはイシュトヴァーンに対して恨みふかきクムなり、ユラニアの旧大公派に、反イシュトヴァーンののろしをあげることを求めてゆくための最終兵器だ。——イシュトヴァーンは、おのれの血をひく子供を取り戻そうとするだろう。さすればそれは有力な人質になる。——さもなくば、その子は……もしも、イシュトヴァーンが、あのような極悪人ゆえ、いとしい我が子とても、捨ててかえりみぬとしたら——そのときはそれはそれだ。イシュトヴァーンの血をひく赤児など、許しておくわけにゆかぬ。いずれにもせよ、その子供は——見逃すことは出来ぬ。その女と連れていた子供をひっとらえ、真実を吐かせる——それによっていよいよ、われら光の女神騎士団のまことの旗挙げが決定するはずだ」

「は……」

「それは——」

男たちは顔を見合わせて、しばしおののくかに見えた。

3

その《風の騎士》の言葉はしかし、隠れてそのことばをきいていたグインにとっても衝撃的であった。

（知られた……）

（スーティの素性が——知られてしまった）

（ひとたび知られた以上——もう、この秘密は……フロリーがいかに隠そうとも、いかに深い山奥に入ろうとも——フロリーひとりのものではありえなくなる……）

（しまった——）

一方で、だがまた、それは強烈な疑惑をもともなっていた。

（この男——いったい、どこでどうやってそんな——相当に内輪の事情通の人間でなくては知り得ないような情報を得たのだ？）

（フロリーがイシュトヴァーンの一夜の愛を享け——そして逃亡したことなど、本当に内輪の情報に通じている、それこそアムネリスの側近などでなくては知り得ない事柄であるはずだ。――フロリーがみごもったこと、そしてスーティが生まれたことは、さらにフロリー一人しか知らぬ……それは、その逃亡したフロリーが子供を連れていた、という事実から推測したのだとしても……)

(この男は何者だ。――確実に、この男は、見かけどおりのただの野盗の首領、よせあつめの傭兵団の首領などではない……この男はおそらく――アムネリス個人となんらかのかかわりのあった男だ。でなくば――アムネリスの側近でしか知り得ないような情報を、手にいれる方法はない……)

ますます、疑惑はつのるばかりであった。

「団長殿――?」

《風の騎士》のほうもだが、しかし、しばし、考えに沈んで動きをとめていた。その沈思をさまたげぬようにじっと待っていたラミントたちも、たまりかねたようにそっと声をかけ、《風の騎士》をうながした。

「これから――どうしたらよろしゅうございますので――?」

「ウム……そうだな……」

《風の騎士》は、おそらくは心を決めかねて沈黙し、あれこれと考えあぐねていたようすだった。が、ゆっくりと顔をあげたとき、その無表情な銀色の仮面には、奇妙な決意の色に似たものがあるようにさえ見えた。

「――ガウシュの村に戻る」

「は――？」

騎士のひとりが、うろんそうに聞き返す。

「村に――でございますか――？」

「そうだ。その女は、村にものを商いにきていた、といっていたな。――この広い山のなかを、あてどもなく捜索したところで、これだけの小人数では手間をとり、疲れるばかりだ。それよりも、あちらのほうから、こちらにむかって飛び出してくるように、おびきだしてやろうではないか。ウム、よいことを考えたぞ」

「ど――どうなさいますので……」

「ガウシュの村の家の一軒に火をかける」

《風の騎士》のことばをきいて、はっとしたように、部下たちは身をかたくした。

「なんと――おっしゃいましたか……」

「ガウシュの村の家の一軒に火をかける、といったのだ。――なるべく高いところにある家に火をかける。さすれば、煙があがり、遠くまで見えるだろう。それがガウシュの方角であることはどこに隠れているにせよ、フロリーと、それを連れていった騎士にもわかるはずだ。まだまだ、きのうの夜からいままでは、そんなに女子供連れの足で、遠くまでおちのびていられるわけがない。――それに、うかつに動いて我々の追跡とぶつからぬよう、この近辺に隠れている、という公算のほうが高いと俺は思うぞ。確実に我々がいってしまってから動き出すほうが、はるかに安全だからな。——だが、村人の年寄りどももまもなく村に戻ってくるだろう。そやつらをひっとらえ、村人全員をその女への人質にする」

「え——」

「そして、半分ほどをひっとらえておき、ほかのもの——比較的動けそうなものに、『その女を探し出さぬと、一人づつ村人を切る』とおどす。——むろんこれは脅しだけだ。同じモンゴールの国民をそこまでむざと殺すつもりはない。俺はイシュトヴァーンではない。——だが、村人は必死になって探すだろう。そやつらのほうがこのあたりの土地にも馴れているし、それに、その女の立ち回りそうな場所も見当がつくはずだ。その間にも、一軒づつ、家を燃やしてゆく。そうすれば村人どもも騒ぐだろうし、その騒ぎのようすがちょっとでも耳に入れれば、たまりかねて飛び出してくるさ、隠れていたウサギ《ピョンニー》共はな。ことにフロリーという女は、なかなかに気だてのやさしい女だった。おのれのために村人の家が燃やされたり、村人が殺されてゆく、などということになれば、とうてい、おのれだけ安全に隠れひそんでいられなくなるだろうさ」

「なんと……」

騎士たちは顔を見合わせたが、しかしあえて何も《風の騎士》にさからおうとはしなかった。

グインはそのことばにも愕然としていたが、しかし、また、（フロリーという女は、なかなかに気だてのやさしい女だった――）ということばにもはっとなっていた。

（やはりそうだ――もう間違いはない。こやつは、旧モンゴールの――アムネリスのそばでかなりの地位を得ていた――あるいはアムネリス当人に相当の信頼を持たれていたような、そういう存在に間違いない。……フロリーと面識があるだけではない。フロリーの気だてを知るほどに、アムネリス大公のそば近くにいた人間なのだ……）

だからといって、いまの記憶を失ったグインに、旧モンゴールの宮廷のことなどが少しでもわかるわけはなかったが――

だが、フロリー個人を知っている、ということは、フロリーにとっては、きわめて危険が増したことだ、というのも確かだった。顔を知られ、逃亡した事情まで知られていれば、万一この団の手に落ちた場合にはもうしらをきりとおすことも不可能になる。まして、スーティの顔は、記憶を失ってからイシュトヴァーンを知っただけのグインでさえ、ただちにイシュトヴァーンの血をひいているかと連想するほど、顔も気性もまさに小イシュトヴァーンそのものだ。

（スーティとフロリーを――逃がさなくてはならぬ……）

だが、もしもいまここで、なんとかフロリーとスーティを見つけだして、なんとか安全な場所へ——たとえば国境をこえてでも、逃がしたとしても、そうすればガウシュの村人たちは、家を焼かれ、人質として、苛立った《風の騎士》たちに本当に少しづつ殺されてゆくかもしれぬ。

（どうしたら……）

グインは唇をかみしめた。

（だが——俺一人では……それにここで騒ぎを起こすのが、得策かどうかもわからぬ……）

確かに《風の騎士》のいうとおり、まだこのあたりに、フロリーとスーティとマリウスが、その謎の騎士に連れられてひそんでいる、という可能性も高いかわり、光団が追ってくることを予期して、とっくにこのあたりから逃亡している、という可能性も同じほどあるのだ。その場合にも、やはりガウシュの村は苛酷な運命をたどることになるだろう。

（だが——いま、この俺が……）

まだ《風の騎士》の素性も知れぬ以上、ここで、三百五十騎余の光の騎士団を相手どって、一気に単身戦いを挑む、という気持にまでもさすがになれなかった。——どうすればその戦いを単身でもおのれの勝利にもちこめるか、ということについては、グインのほうは自信がないわけではなかった。

(なんといっても、いまが狙い目だ――いまは、こちらにわずか六十人、そして本隊は遠くはなれている。それほどこの団は精密に連絡をとりあうことを習慣づけているようでもない――だったら、まさにいま、特にこの首領――《風の騎士》をさえ狙って、一気にたおしてしまえば――あとはたやすい。このあたりは広い足場もない。湖水も近く、足元も悪い。ことに騎馬のものにとっては馬がかえってこうなると邪魔になる。一騎づつかたづけてゆけば六十騎くらいはどうにでもなろう――とはいうものの……)

そこまでやるべきなのかどうか――それほどに、かかわりをもち、運命の神の範疇に踏み込んでいったものかどうかについては、グインにはどうにも確信がもてなかった。目の前でフロリーとスーティが襲われていれば、それを救うために飛び込んでゆくことにはもう、何のためらいもない。だが、その前に自分のほうからたたかいをいどんで、この団を――少なくともこの別働隊を全滅させる、というような気持にまでは、とうていグインはなれなかった。

(まあ――仕方がない。もうちょっと様子を見るしかない……いや、それよりも……そうか、まだ手があったな)

グインはふと気付いた。

(ガウシュの村人たちが人質にとられると、俺もめったには動かれなくなる。――だが、ガウシュの村人たちはみな老人だった。遅い足でのろのろと村に戻ろうとこちらを目指

していたはずだ。──よし）

心が決まった。

（先まわりしてガウシュの村人たちに警告し、村に戻らぬようにさせ──光団が諦めるまで、どこか山のなかに隠れていさせればいい。──家については諦めてもらうほかはないが、それでもいのちあってのものだねというものだろう──ふむ）

心が決まるともうグインは迷わなかった。すばやく、またじりじりと、動いているところを《風の騎士》の部下たちから見られないように気を付けてすきをうかがいながら、湖水の近く、《風の騎士》たちの一行がいるあたりからはなれる。かれらもまた、方向転換して、さきほどあとにしてきたガウシュの村に戻ろうとしかけているようだ。かなり距離をとって横にはなれていってから、はじめてグインはガウシュの村の方向──というよりも、ガウシュにむかう赤い街道筋に出られると思う方向に向きをかえた。もう、《風の騎士》たちの声も聞こえず、こちらのすがたを見られるおそれもない、という確信をもてるくらいまで離れてから、森のあいだをぬって一気に速度をあげて走り出した。

（よく、走る日だな──いや、このところ、ずいぶんとよく歩きまわったり走ったり、ガウシュの村の周辺を行きつ戻りつさせられているものだ）

頭のなかには、これまで通ってきた赤い街道とガウシュの村とのおおまかな地図しかなかったが、なんとなく、妙な土地勘のようなものがすでに出来上がっていることが感じられていた。グインは、ほどもなく予想していたとおり赤い街道に出た。ガウシュの村まで戻らず、大幅に斜めに街道を目指したのだ。街道にのぼってあたりを見回しても、やはりそこはしんとしずかな山あいの見捨てられた街道だった。むろんまだ老人たちがその上をとぼとぼとこちらにむかってくる姿も見えぬ。

（あの馬がいればよかったのだが……）

こういうときこそ、馬が欲しかったが、馬は街道を見捨てるときに放してやってしまった。さすがに馬のすがたもない。グインは太陽の位置などをみて、西南の方向にむかっていっさんにまたかけだした。少し走ってから速度をゆるめ、かなりの早足で歩いて街道を下ってゆく。そのあいだにも、うしろで《風の騎士》たちが、ガウシュの村に火をかけた気配や煙が見えてくるかとときたま気を配っていたが、かえってこちら側は少し木々にへだてられているようで何も見えなかった。

グインは疲れを知らぬ健脚をとばして、さらに赤い街道を歩いていった。どのくらい歩いたのか、ふいに、グインははっと大きくうなづいた。街道の彼方に、ぽつり、ぽつりと、三々五々ばらばらに、ゆっくりと歩いている人間のすがたが見えたのだ。それは、なんだかひさしぶりに遭遇する人間のすがたのように見えた。

グインはさらに勢いを得て走り出した。ぐんぐんと大きな歩幅で近づいてゆく。ほどもなく、それが間違いなく、とぼとぼと村をめざす、ガウシュの村人たちであることがわかった。すがたがだんだん見分けられてきただけではない。きれぎれに、かなりかすれた声でだが、またあのミロク教の賛美歌を歌っているのが聞こえてきたのだ。

（この世は仮の宿りなり。われらがまことの天国は、ミロクのみもと、ほかになし）

（この世に執着残すまじ。ミロクのみ胸にいだかれて、まことの幸を求むべし）

（金も栄誉も名声も、すべてこの世の影なれば。われらがまことの安息は、ミロクの平安、ほかになし）

（ミロクをたたえよ。ミロクこそ、われらがまことのみ母なり。ミロクの心にかなうなら、平安はわが胸にあり）

確かに耳に覚えのあるその歌は、だがもう、疲れて息もたえだえになっているのだろう。きれぎれにかすれてしまっている。村に戻ろうとしている村人たちは老人ばかりだったし、それに、ずっと連れ回されて疲れはて、しかも食べ物や飲み物もちゃんと与えられていたのかどうかあやしいものだ。何人かはすでに脱落しているものもいるかもしれぬ。

現に、そうやって街道に見えているのはほんの十人ばかりで、残りのものはもっとずっと、遅れてしまっているようだった。グインは、一気に、やってくるミロクの村の村人たちとのあいだの距離を駈け通すと、驚かさぬようフードをひきおろしたまま、村人たちにかけよっていった。

村人たちは、すでにだが、グインのすがたを見ただけで、その場に足をとめ、恐怖にかられたようによりそいあって、ひとかたまりになっていた。戦うことを知らぬ平和なミロク教徒の村人たちにとっては、乱暴に近づいてきたグインの雄大な体格と、腰に下げた長剣だけで、すでに充分に恐怖をかきたてられたのだろう。その村人たちに、グインは近づき、そして声をかけた。

「ガウシュの村のものたちだな？　怖がらんでいい。俺は味方だ」

「味方……」

「ちとわけがあってこのフードはとれぬのだが、勘弁してくれ。実は、そのさきで《風の騎士》の一隊を見つけ、それであんたたちを先に見つけて忠告するために急いでやってきた。こうして運よく、早めにあんたたちと会うことができたのは幸いだった」

「忠告――？」

「《風の騎士》……」

ミロクの信徒たちはいっせいにざわめいた。そうするあいだにも、街道のうしろのほうから、かなり間をおいた長いぽつりぽつりとした列になって、年老いた村人たちがよろよろとこちらにむかってくる姿がいくつも見えていた。

「一晩じゅう歩いていたのか？」

グインは気の毒になって云った。

「ずいぶんとこたえただろう。――体は大丈夫なのか」

「どなた様かは存じませぬが……」

村人たちは不安そうに顔を見合わせていたが、なかのひとりの年かさの男が、思いきったようにおずおずと答えた。

「私どもの身の上に起こったことを、みなご存知のようで……」

「ああ。俺は吟遊詩人のマリウスとともにローラの家に滞在していた者だ。マリウスとローラが湖水の向こう、ガウシュの村にいっているあいだは、ローラの子供を預かって留守をみていた。それでガウシュの村には顔を見せていないが、マリウスとローラがガウシュの村のことを案ずるので、湖水をわたってきたところ、村は無人となっていた。それであとを追ってゆき、光団と称する連中があんたたちを泉のほとりで二つにわけて追い返したところまで全部実はひそかに見ていた」

「そ――そうでございましたか。あの吟遊詩人と――それにローラさんのこともご存知で……」

「いま、《風の騎士》と名乗るあの首領はローラとその子供をねらい、探しまわっている」

グインはフードを深くかしげたまま、口早に説明した。出来ることなら、フードをとらずに、この豹頭を見られずにすませたかったのだ。

「いったん、兵士たちを出してローラを捕らえようとしたのだが、なにものかがその兵士たちをはばんだ。それで、《風の騎士》はおのれみずからが六十騎ばかりを率い、ローラとその子を探すために、ガウシュの村へ戻ったのだ」

「なんですって」

老人たちが口々に驚愕と恐怖の叫びをあげた。

「あ、あの人たちがまたガウシュの村へ？」

「それだけではない。俺はこっそり隠れて立ち聞いていたのだが、いったん無人のガウシュの村を調べたがローラの行方がわからないので、焦れた《風の騎士》は、ローラ当人のほうから飛び出させるべく、ガウシュの村の家々に一軒一軒火をかけて燃え上がらせ、それによってローラをおびきよせると同時に、村に戻った村人——つまりあんたらだ。それを人質にしてローラをひきよせようという計画をたてた。俺はそれを聞いたので、あんたらに、村に戻ってはいけないというためにこうして街道をまた、西に向かってきたんだ」

「そ——そんな……」

「そんな無法な……」

老人たちと老婆たちはいっせいに叫び声をあげた。なかにはまだそれほど年はいってないものもあったのだが、その中年のものたちはいっそう恐怖にかられたようだった。

「そんなことがあってよいものでしょうか？　そんな無法なことが……」

「さあ、あってはならぬとは思うが、無法者がやろうと思ったことはとめられはせぬと思う。あんたらは、村に入ってはならぬ。さぞかし疲れているし、食い物なども不自由だろうが、そこはそれこのへんに長く住まわっている人たちだ。このあたりの山の事情は知っているだろう。とにかく、どこかに身をひそめて、なんとかして、かれら——《風の騎士》の傭兵団のことだが、あいつらが諦めていなくなってしまうまで、じっと我慢しているほかはない」

「で、でも、きゃつらは、あたしたちの家に火をかけるって、そういって脅したんでしょう？」

五十がらみの女が悲鳴のような声をあげた。

「ああ、どうしよう。あたしの家が焼かれてしまったら、どうやって生きていったらいいんだろう」

「だが村に戻ったら人質にされて、悪くすれば殺されるかもしれないんだ」

その女にひしとよりそって別の男が叫ぶ。

「なんてことだ——」

「こんなときこそ、長に相談しなくちゃいけないのに……長もいない」

「長というのは、あのムチで打たれた老人のことだな。あやつらに連れてゆかれてしまったのだったな」

「それも、ご覧になっていたんでございますか」

最初に発言した老人がおろおろしながら云った。

「なんという乱暴な人たちじゃ。――ヒントンさんは何ひとつ悪いことをしてなどおらなんだのに。――足を打たれたので、ほとんど歩くに歩けず、肩も打たれたので、いったいいまごろどんなに苦しい思いをしていることか。――ヒントンの奥さんがずっと泣きどおしなので、うしろから、仲間がなだめながら連れてきておりますが、ヒントンさんももういいお年ゆえ、無事に戻ってこられるものやらどうやら……家に戻れるかどうかもわからぬと案じておりましたのに、あの人だけじゃあない。家にも戻れないとなったら、いったいわしらはどうなることやら」

「ああッ」

ふいに、別の老婆が金切り声をあげた。

「見ておくれ。あれはガウシュの村のほうだよ。村の方角から、火の手があがったよう」

「なんてことだ」

「ほ、本当に火をかけやがったんだ……」

「本当だ。黒い煙が……」

たちまち、村人たちは阿鼻叫喚のかたまりになった。

「大変だ。どうしたらいいんだ」

「あたしのうちが。あたしのうちが」

「なんてことをするんだ。私たちが何をしたっていうんだ」

「ああ、ああ。なんだってこんなことに……」

「ミロクさま。ミロクさま、お救い下さい」

そうするあいだにも、よろよろと、うしろから街道を追いついてくるものたちがいる。かれらは、ここにひとかたまりになっている村人たちを見ると、驚いてすぐに寄ってきたが、一様に、グインをみるとぎょっとした顔になった。それへ、先に話をきいていた村人たちが、事情をひそひそとささやくと、深刻な顔でうなづいて聞いている。

「あんたさまは――あの吟遊詩人のお連れだといいなすったが――傭兵さんでございますか？」

「ああ、まあそのようなものだ」

「たいそう大きくて強そうでいなさるが――あの《風の騎士》とやらいう乱暴な人たちとは敵同士なんですかえ？」

「いや、敵同士、というわけではない。俺も、はじめて出会った――といってもあちらには俺のすがたなど見られてもおらぬし、俺の存在についても知られてはおらぬが、俺

があの連中を見たのもはじめてだ。お前たちの村にやってきたのもこれがはじめてのことなのだな」

「さようでございます。あんな連中がいるなど、見たことも聞いたこともなく、ずっと何十年も平和に暮らしておりましたのに……」

「いったいこれからあたしたちはどうなってしまうんだろう。どうしたらいいんだろうねえ」

「誰のうちだ――いったい、誰のうちが焼かれたんだ……」

手をつきあげて呪うもの、悲しむもの。

また、抱き合って悲嘆の涙にくれるもの。なぐさめあいながらも、涙をこらえきれぬもの。

実直な、また戦うことを知らぬミロクの村の村びとたちは、ひたすら、受難におののき、悲嘆にくれるばかりであるようだった。

「俺は、例のマリウスという吟遊詩人の連れだ。彼は連れであるばかりではなく、俺にとっては、兄弟でもある。まあ、義理のではあるが、彼は俺の――おかしな話だが、彼が俺の兄なのだ、一応な。それゆえ、俺は、自分の身内にかかる危難は救ってやらねばならぬし、それに、ローラとその息子には、偶然その小屋を発見したのだが、幾晩もとめてもらい、たいへんによくしてもらった。その恩義だけからでも、ローラとスーティは助けてやらねばならぬと思っている。——そのローラは深くお前たち、ガウシュの村人たちに感謝している。だから、そのお前たちが人質とされるのは気の毒だと思ってこのように告げ知らせにきたのだが——このあたりで、身をひそめておける洞窟なり、しばらくのあいだ暮らしていられるような、別の村落なりは知らぬのか？」

「私どもは、貧しく質素なミロク教徒でございます」

最初に口をきいたあの男が、涙にくれながら云った。

「ああ、わたくしは、たぶんヒントンさんに何かあれば次の村長になるはずの、ガントと申す者でございますが——まずは、取り乱してしまって申し訳もございませぬ。よくぞ、お知らせ下さいました、傭兵様」

「いや……」

グインは少し感心して、ガントを見た。そして、それが、最初に村の者達をしずめ、ミロクの歌を歌うようすすめた、白髪の老人であることを思いだした。

4

「このあたりには、ずいぶんと下ったり、歩いてゆかねばほかの集落などというものはございませぬ。まだまだミロク教徒は、モンゴールでは特に、うっとうしがられたり、目障りだと思われたり、はなはだしきは邪宗徒として扱われて迫害されたりいたします。それだもので、わしらも、ミロクを信じるようになった者どうし、手に手をとりあうようにしてふるさとをはなれました。そうしてなるべく誰にも邪魔されぬこんな山奥にひっそりと暮らすようになったしだいでございます。そうでございますから――よその村などの知り合いもございませんし――また、このあたりの山には洞窟などもあんまりございません。私らは、自分たちで切り開いたあの小さな池のほとりの村で、つつましいながらも幸せに、勤勉にミロクさまを奉じて、自分たちの小さなささやかな教会もつくり、ミサもし、ひっそりと何十年も平和に暮らしてまいりました。こんな災難が襲ってくるなどと、いったい誰が予想したでございましょうか」

「それはもっともだが、だがこのまま村に戻ればなおのこと酷い目にあわねばならんぞ。

──そうだ、お前たちのなかに、フロリー──あ、いや、つまりローラがどこに隠れたかについて、知っていたり、何かの手がかりなりとも持っているものはいないか。ローラの家には俺はすでに湖水をわたっていってみた。ローラたちは家をすててやはり身を隠してしまったようだ。あちらはお前たちとことなり、幼い子供連れだ。あまり荒っぽいところにひそんでいるわけにもゆくまい。──この近所で一番近い集落といったらどのようなところだ？」

ガントは答えた。

「赤い街道をもうちょっとゆけば、コーランと申します国境の小さな町になります。その手前までゆけば、ずいぶんとちらほら、自由開拓民の集落が出てまいりますが……」

「それまでは、ほとんど人の住まぬ深い森のなか、山の中でございます。──そもそもあの湖水のわきの耕作地とてもともとは山地だったものを、われわれが耕して開墾してあのように切り開いて、耕作地にいたしましたので。それゆえあの土地には私らはみな、たいそう愛着がございます。──あとは……さようでございます、南にちょっと下ってゆくと、私らはサイ川と呼んでおります川がございまして、このもうちょっと下流の流域には、かなり集落があったり、ひとが住んでおりますが……あとは、ユラニア国境をかたちづくっております、ユラ山脈という山地がずっと続いておりますので……どこへ参りましても山また山というところで──国境のボルボロスまで参りますと、カムイ湖のつきあたりに出ます。その向こうはもうクムでございます。——そのあたりまで参りますともうずいぶん、土地もひらけておりますし、平野になりますのでいろんな都市も出てまいりますが……どのように近い町でも、コーランよりも大きな町となりますと……馬でも山越えをして最低五日はかかりましょうかと……」

「なるほど、深い山の中というわけか」

「はい。このあたりは、まことに深い山の中でございます」

ガントはグインのようすから、何かただならぬ威厳のようなものを感じ取っているのだろうか。口のききかたは、まるで君主か、偉い将軍にでも対するようにうやうやしかった。

「ウム——」

グインは考えこんだ。だが、また誰かの悲鳴がそのグインの思案を破った。

「ああ！　どうしよう、もうひとつ火の手があがったよ！」

「また火をかけたんだ。なんてことを——」

「ああ、どうしよう。この冬をどうして越せばいいんだろう！」

「それよりも、みんなが戻ってこなかったら……」

「ああ。ああああ、あああ」

座り込んで泣き始める女もいる。それを懸命になぐさめようとする男のほうも、疲れきって、いまにも倒れそうなようすだ。

グインは首をふった。

「わかった。では、すまぬが、お前達、警告はしたゆえ、なんとかして、ガウシュの村に近づかぬようどこかにしばらく身をかくすところを見つけるがいい。食い物はこのあたりのことだ、木の実もあれば、そのへんはなんとかなるだろう。ミロク教徒は一切の殺生をせぬときくが、肉も食わぬのか？　そんなことはないのだろう？」

「年寄りは、肉もいただきませぬ」

ガントが悲しそうに答えた。

「若い者は体が欲しがるのかそうも云っておられませぬので、肉を食べても大目にみられておりますが、きっちりと戒律を守る者は動物を殺して食べることは一切いたしませぬ。魚だけはミロク様が我々に与えてくださった糧、ということで許されておりますが、野菜と穀物、木の実、それに乳製品だけが、清らかなミロクのかてだということに戒律ではさだめられております」

「ならば、まあ鳥をとったりけものをとったりして食いつなぐことは出来ぬかもしれんが、しばらくなら、なんとか木の実、草の実をとってしのげそうかな。きゃつらにせよ、目的はローラたちだ。そう長くここにとどまっているつもりはないと思う。――俺はこれから、あの火の手によってローラたちがどうなったかを偵察に、またガウシュの村に戻る。あんたらは、なんとかして、どこかに隠れているがいい。完全に火の手がおさまったようだったら、誰かを偵察に出して、あの傭兵どもがいなくなったら、村に戻ってきても大丈夫だろうということだ。いいな」

「は——はい……申し訳ございませぬ、何から何まで——」

「いや、いい。では、あわてて動いてうかつなふるまいをするなよ。かれらは、ゴーラ軍ほど有無を云わさず残虐をはたらく、というところまではゆかなさそうだが、しかしこの、家に火をかけることといい、かなり無法というか、目的のためには手段を選ばぬ連中であるのは確かのようだ。ことにあの《風の騎士》というのは、必要とあれば、人をあやめることなどなんとも思っておらぬようだからな。あんたらのような平和な連中にはもっともむかぬ相手だろう。かれらが立ち去るのを息をころして待っているのが一番いいと思うぞ」

「あり——有難うございます……」

ガント老人はよろよろと近づいてきて、グインの手を握り締めた。

「あの——せ、せめて、お名前を教えていただければ——」

「名前などはどうでもよい。吟遊詩人マリウスの連れの者だ」

「せめて——お顔を見せていただけはせぬかと……」

「いや、それは」

グインがかぶりをふろうとしたときだった。

ふいに、強い風が吹いてきて、グインの深く傾けてかぶっていたフードをうしろに吹き飛ばした。

色鮮やかな豹頭が、白日のもとにさらけだされた。瞬間、村人たちはあっと叫んだ。

「そ――その豹頭は――！」

「迂闊に、村に近づくなよ。必ず偵察してから、村に戻ることだ」

グインは言い捨てた。そして、もう、あとをも見ずに街道わきの木々のあいだに飛び込んでいってしまった。かれらが、豹頭王グインの名を知っているかどうか、それについては、何十年もこの山奥でひっそりと隠れ棲んでいたものたちのことであるから、わからなかったが、異形のものを見る反応を目のまえで見たくなかったのだ。

うしろで何か叫ぶ声のようなものが聞こえた気がしたが、グインはそのまま、森のなかにわけいり、かなりまっすぐにいってからまた方向をかえて、ガウシュの村のほうをめざした。こんどは、森をぬけてゆくもっとも近い道を見出すのはきわめて簡単だった――ちょっと木のまばらなところで見晴らそうとすると、ただちに、木々の上にもくもくと黒煙がいくつかたちのぼって、それがかっこうの目印になったからである。風向きがかわると、きなくさいにおいや、煙のにおいもこちらまで流れてきた。

（これは……フロリーや物見高いマリウスがいたら、とうていじっとひそんではいられぬだろうな……）

グインは考えた。そして、ますます足を速めた。

道をたどるのは簡単だったが、森のなかを下生えをふみしだき、木の根をまたいだり、枝をくぐりぬけたりして抜けてゆくのは、さすがに街道を走るよりはかなり手間がかかった。しかし、ガウシュの村まではそれほど距離はもうなかったので、まもなく、グインの耳は、ぱちぱちと火の燃える音や、もののはぜる音をきき、その鼻には、流れてくる煙のにおいがはっきりと感じられるようになってきた。

《風の騎士》が火をかけたのは、一軒二軒だけではないようだった。もくもくとたちのぼっている黒煙は、何ヶ所かにわかれていた。

（これは酷い……）

グインはいささかならぬ義憤にかられた。この村を焼かれたら、ガウシュのミロク教徒たちは、この地では生きてゆくことも困難になるばかりか、どこかへ移り住みたくてもそれまでにかろうじて作り上げたものさえもすべて失ってしまうだろう。

（その上に、若い男達は連れ去られたままか——若い女たちはほとんどいなかったが、ルミアのように、家族が隠したり逃がしたりしたか——あるいははじめから、あまりいなかったのかもしれんが——）

いずれにもせよ、これは静かなちっぽけなガウシュの村——というよりも集落にすぎぬような十五、六戸を襲った、時ならぬあまりにもむごい嵐であった。グインはかなり煙が強く流れてくるようになったので、マントの端で口をおおいながら、その煙にまぎれてそっとまた、ガウシュの村はずれへ近づいていった。

かえって、身を隠すほうは、その煙のおかげで楽になったようだった。もうかなり馴染みになってしまった、村はずれの耕作地に近づいてゆくと、もう早速、その向こうに、木々のすきまから、さかんに燃え上がっている一軒の家がみえた。

(まさか……あれはあの老婆のいた家ではなかろうな……)

グインはふと心配になった。光団の騎士たちは、家々のなかをあらかじめちゃんと改めて、無人であるかどうかを確かめてから火をかけているのだろうか。そうでなく、ただ選び出して火をかけているだけだったら、ルミアやあの、寝たきりの老婆のように、隠れていて連れ去られることをまぬがれた村人が、いまとなっては飛び出すにも飛び出せず、あるいは気が付いたときにはすでに頭上が火の海になっている、などという恐ろしい状況のままに、むざんにも焼死のうきめをみるようなこともないとは云えないのだ。

(火はもう――おお、まったく、火にまかれるのはもう沢山だな)

グインは思わず苦笑いした。あの火の山の冒険で、いっときはもはやいのちはないものかと覚悟した、足もとの大地までも熱くもえあがるようだったすさまじい体験がまざまざとよみがえってくる。どうして無事にいのちがながらえたか、いまにして思えば、あらためてヤーンの加護に愕然となるほどの危険な橋を渡っていたのだと思う。

（このあたりはまあ、耕作地があいだにあるから——まだいいだろうが、もしも……これがそのあたりの森の木々にでも、燃え移ってしまえば——またしてもあのユラ山系北部の火事の二の舞になる。——じっさい、人間というのはなぜこうおそれを知らぬのだ……長年かかって大自然が作り上げた山々や木々を、人々が築きあげた家や田畑を、情け容赦もなく火をかけ、焼いてしまうとは……）

ユラ山系の山火事のほうは、あの魔道師がやったことにせよだ。

（それだけでも、本当は——俺は、こうして家々に火をかけたというだけでも、あの《風の騎士》が嫌いになりそうだな……）

その、《風の騎士》はどこにいるのだろう。

グインは、そっと森づたいに、また村の中心部のほうへ忍び寄っていった。

光団が火をかけたのは、村の西はずれあたりの家のようだった。ミロクの民の苦心の結晶であり、つつましやかな憩いの我が家であった丸太作りの簡素な家は、あかあかと炎につつまれて黒煙を吹き上げ、そしてごうごうと次々に丸太が炎のなかに燃え落ちていた。そのとなりの家もまた、炎に包まれていた。

残りの炎は、もうちょっとはなれたところからあがっているようだったし、もう少し小さかった。そちらのほうが、たぶんあとから火をかけられたのだと察して、グインはそちらにむかってまた煙と木々とにまぎれながら用心しつつ近づいた。

「団長殿！」

すでに聞き慣れた光団の騎士たちの大声が聞こえてきた。すでに見慣れた人影が、いくつも火のあいだ、まだ火のかけられていない耕作地を馬で走り回っている。馬のひづめは容赦なく、ミロク教徒たちが営々と耕したのであろう耕作地を踏みにじっていた。

「これで、火をかけた家は四個所になりましてございます。もう少し、かけますか」

「あとはもう少し待て」

《風の騎士》もまた、馬上にあって、村のなかを縦横にかけまわっているようだった。火に興奮しているらしい馬をひきしめながら、駈け寄ってくる部下たちの報告を聞いている。

「まだ、村人どもの姿はないか」

「は、まだ街道に出した偵察からも、こちらにむかっているという報告はございませぬ！」

「きゃつらめ、火をみて逃げたかな。まあいい――よいか、万一にも火が森に燃え移り、我々が退路をたたれて火に囲まれてしまうようなことのないよう、必ず火をかけたら風上に移動せよ。いいな」

「かしこまりました！」

「それを皆に伝令で伝えておくように。それから、例の女を万一にも見失うな。――ラミントのいった方向はそちらであったはずだ。そちらからあらわれる公算が高い。そちらを見張っている者たちは特に注意していろ」

「かしこまりました！」

「火は――よいな」

奇妙なうつろな声だった。

「は？――何か、申されましたか――？」

「火はよい、といったのだ。――火の乱舞は、俺の心に……遠い昔を思い出させる。……いつも、騒擾と破壊のなかには火の手があがっていた……そして、俺は……何もかも遠い夢としか考えられなくなったあのころに、火のなかをさまよい歩いていたような、かすかな記憶があって……いや、なんでもない。あれはただ、俺の見ていた夢だったのかもしれぬ」

「は――はあ……」

「女はまだ出てこぬか。まだあぶり出されぬか、生意気な小鳥めが」

「ただいま、あちこち――もれなく網をはらせておりますゆえ、村の周辺にあらわれさえすれば――必ず。いま少しお待ち下さいませ」

「じれったい」

鋭い、吐き捨てるような声だった。

「もどかしい。――あんなに長いこと待ったこの俺だ。それがなぜ、この期に及んでわずかばかりの忍耐がかなわぬ。それともあの暗いしめった闇のなかで、俺は一生分の忍耐を使い果たしてしまったのか。――そうかもしれぬな。求めていた武器を手にしたらもう、俺は待たぬぞ。思い知るがいい、イシュトヴァーン――今度こそ、きさまの終わりだ。アムネリスさまに加えた暴虐許すべからず――わが祖国モンゴールの葬送の炎のなかに、きさまを生きながら投げ込んでくれるわ……」

それはなかば、いまだ夢うつつの境をさまよう人のうわごとのようにさえ、聞こえる声であった。

グインは木のかげから、じっとそのようすを見つめながら、奇妙――の思いにとらわれていた。

（ときたま、こやつは――妙に浮世離れしてみえる――いっときは、操り人形のようにも見えたが――いまはまるで、眠りながら動いている夢遊病の人間のようにも見える。――なんとなく、本当に一から百まで正気なのかどうか、疑いたくなるような感じがする。……もっともそれをいったら、ひとはいまのこの、記憶をなくした俺をみてやはり、同じようなことを感じるのかもしれぬのだが……）

（こやつ――いったい、どのような目にあってきたのだろう。――なにやら、不思議なとも……）

——尋常でない何かを感じさせるが——同時に、やはりこやつ、気が狂っておるのか、

（気が狂っているか……それとも、なにものかに脳をのっとられ、支配されていて——

たまにしか、正気に戻れぬのか……）

（フロリーをあぶりだすために、平和なガウシュの村に火をかけてしまう、というよう

なやりかたからして、とうてい正気とは思われぬが……）

「まだ、何もあらわれぬか」

《風の騎士》が、そこにグインがひそんで、かなりの至近距離からじっと彼を観察しな

がら、そのようなことを思っている、などと知るすべもなく、ムチをひきぬき、ぶんと

空中にふりまわしながら怒鳴った。

「ええい、もどかしい。——もう一軒に火をかけろ。最初のかがり火が燃え尽きてしま

いそうだわ。次のかがり火を燃やすのだ。もしもあの女が強情をはってあらわれなけれ

ば、この村はすべてがれきと化してしまうだろうな」

「は。この次はどの家にいたしましょうか」

「ふむ。——あの、二階建ての家にするかな。一番大きくて、目立ちそうだ」

「かしこまりました！」

グインは、じっとこらえて見守っているのがひどく辛い心境になりつつあった。

だが、いま飛び出してもどうなるものでもない、というくらいの分別はあった。というよりも、いまここで飛び出してしまったら逆に、フロリーたちを救ったり、その行方を捜すためには都合が悪い、という思いが、グインをかろうじて引き留めた。だが、この、いわれもない破壊と乱暴と放埓と蕩尽とは、グインの心に、何かひどく、強くうずく怒りと抗議とをかきたててやまなかった。だが、また――

(火……炎……)

(何だろう――何かを思い出す……)

(何かが、俺の心を……つつく――これは何だろう……何かの記憶の残滓のようだ……それが浮かび上がってきて、俺の心を刺激しているような……)

(俺は知っている――あの山火事のときには、あまりにもごうごうとまわり一面が燃えさかっていて、それどころではなかった――命からがら逃亡するほかは考えられなかったが――)

(この燃え上がる炎をみているとなんだか……いくつもの場面が――きれぎれに俺の頭のなかにうかぶ)

(俺は……確かに、何回も、こうして――炎上する町を……見たことがある……町？)

(そうだ――町――こんな小さな家々が身をよせあっている小さな集落ではなく――もっと、大きな町が燃え上がり――兵士たちがそのあいだをかけまわり――)

まわる、兵士たち……）

（阿鼻叫喚と悲鳴――逃げまどう老若男女――そのあいだを容赦なく馬で追い散らして

（これはどこの国だ――これはどこの都市だ――これは、俺が――いつ、どこで――どのようにして見た光景だ？　わからぬ――何もわからぬ）

（頭が痛い。割れそうだ……頭ががんがんしてくる……）

（だが、思い出せぬ――どうしても、思い出せぬ――くそ、俺の頭はどうなってしまったのだろう……どうして、何ひとつ思い出せぬのだろう……この叫び声は……何かがきこえる……なんだ、燃えているのは……島か……巨大な――それとも……もっと巨大な……）

（青い波……燃える炎――ああ、何もかもが――俺の頭のなかに一気に流れこんでくる――気が狂いそうだ……）

叫び出しそうな恐怖と焦燥にかられて、グインは思わず、煙よけにマントでおおっていた自分の口をさらに自分の手で激しくおさえこんだ。

（あああ……誰か――誰か助けてくれ――誰か、この……記憶の迷路から……何もわからぬ記憶の渦から俺を救い出してくれ……そうしたらなんでもやる。なんでも……どのようなものでも……）

（俺は誰だ――俺はなにものだ――俺はどこからきた――俺は、いったいどのような…

どのような生まれ育ちをしてきた……そして、どうしていまここにいる――）

（こんな奇妙な――こんなはるかな、誰もいない山奥の自由開拓民の村で……その村が炎に包まれるのをみている……いったい、どうして俺はこんなところに漂泊してきた……

（わからぬ――ああ、気が狂う――狂ってしまいそうだ……）

叫び声が、ほとんど、口をついて出るのをとどめられなくなって、グインはおのれの手を思い切り嚙もうとした。そのようにするしか、発作的な叫び声をとどめられなかった。目の前を乱舞する炎の渦巻きが、いっそうグインを世にも奇怪な半催眠状態のなかに追い込む。絶対に、おのれはこの光景を――まさにこの光景をというのではなく、このような光景を、火をかけられた町を、見たことがあるとかれは思った。

（あ――あ――あ！）

その、時であった。

「団長殿！」

絶叫が、あたりの火のはぜる物音や馬たちのいななき、すべての喧騒をつらぬいてひびきわたった。

「団長殿ォ！」

「どうした！　いたか！」

即座に、《風の騎士》が反応した。同時に、周囲にいた光団の騎士たちが、いっせいに《風の騎士》のまわりに集まってくる。

「発見しました！」

その叫びをきいた瞬間、グインは、大地が足元で崩れ落ちてゆくような感覚に、はっと我にかえった。

荒々しい炎の乱舞が導き出したあやしい半狂乱の状態は一瞬にしてかき消えた。グインはとっさに剣の柄を握り締め、いつでも飛び出せるように身構えた。煙がごうごうと音をたてて森のなかに吸い込まれてくる。またしても、どっと先に火をかけられた家が炎のなかに燃え崩れ落ちてゆく轟音がおきる。

「どこだ。何処にいる！」

「こちらです。あらわれました！」

「行くぞ！」

《風の騎士》が声を張り上げた。光団の騎士たちが、いちどきに動き出した。炎のなかに燃え落ちてゆく家を見捨てて、《風の騎士》を包むようにして馬を走らせてゆく。またしても黄金色と真紅の火の粉がどっと舞った。

第四話　仮面の正体

1

どどどど――と大地を踏みならすひづめの音が入り乱れた。《風の騎士》を先頭にたてて、光団の騎士たちは、声のしたほうに殺到してゆく。グインは一瞬迷ったが、そのまま森のなかを、見え隠れに追っていった。

「どっちだ！」

「こっちだ。ここにいたぞ、その女だ！」

いくつもの声が叫びかわしている。

「こちらです。団長殿！」

森かげの、そろそろガウシュの村の家々が途切れるあたり――雨が池の湖水も見えてくるあたりに、騎士たちがかたまっていた。何かを取り囲んで、逃げられぬよう包囲しているようすにみえる。《風の騎士》が数名の側近を率いてそこに殺到してゆくと、騎士たちはいそいで道をよけた。

グインは、すばやくまわりこんで、湖水に近い木立のなかにもぐりこんだ。そこからだと、ようすはよく見える。騎士たちに取り囲まれて、湖水を――あのお化け柳を背にするようにして、フロリーが単身立っていた。うしろに、湖水にもやっている小舟があった。

フロリーはマントに身をつつみ、真っ青な顔をしていたが、勇敢に単身、大勢の騎士たちに取り囲まれながら立ちつくしていた。そのかわいらしい小さな顔は、決意と怒りと、そしてたぶんどうしても消すことのできぬ怯えに真っ青になってひきつっていた。

「団長殿！　この女でございますね！」

手柄顔に騎士のひとりが叫んだ。騎士たちが左右によけた中を、《風の騎士》はゆっくりと馬からおり、そしてそちらに近づいていった。その銀の仮面のなかから、くぐもった、満足そうな声が洩れた。

「そうだ。間違いない。この女だ。見つけたのは誰だ。よくやった、恩賞ものだぞ」

「かたじけなき幸せ」

「だが、一人か。この女の連れはどうした」

「この女一人が、この小舟に乗って、岸に漕ぎ寄せて参りました」

騎士たちのひとりが答えた。

「対岸の火事のようすを見にきたもようで、御命令どおり湖水のほとりに兵を伏せて見張っておりましたところ、小舟をこぎよせてくるものがありましたので、上陸するまでそのままにしておけと命じて待たせ、上陸して火の手のほうにゆこうとするのでもう間違いはないと判断して、取り囲みました。舟は確かにこの女ひとりしか乗せておりませんでした」

「そうか」

《風の騎士》はゆるゆると騎士たちのあいだをぬって、立ちつくしているフロリーのほうに近づいていった。

「女。——きさま、ローラと名乗ってあのガウシュの村で物売りや仕立てをして生計をたてていた女だな。そうだろう」

「は——はい」

フロリーは答えた。おののいてはいたが、いたずらに怯えきってはおらず、その小さな顔は真っ青だったが目はしっかりとしていた。

「お前とは、先日ガウシュの村とやらに我々の隊が入ったとき、会っている。——俺が村長にかまけているあいだに、あの連れの吟遊詩人ともども村からこっそり逃げ出して姿をくらましたな。あとで探したがもうどこにも姿は見えなかった。そのときは思い出せなかったのだが——」

《風の騎士》の銀色のぶきみな仮面が、まっすぐにフロリーに向けられる。

「あの吟遊詩人はどうした?」

「……………」

フロリーは歯をくいしばって、何も答えなかった。

《風の騎士》は脅すように、肩のムチに手をやった。フロリーは青ざめた顔のまま、それでもあえてそこにしっかりと立っている。そのすがたは、たくましい傭兵たち、騎士たちにとりかこまれて、あわれなほどにはかなく小さく、かよわげに見えたが、それでもフロリーはしっかりと立っていた。

「あの吟遊詩人は、どうした、と聞いているのだ」

《風の騎士》がゆっくりと云った。

「どうした。何故答えぬ」

「知りません。あの人はいってしまいました」

「いってしまった、だと?」

鋭く《風の騎士》が云った。その目が、ふたつの、仮面の切れ目の穴のなかで赤く光った。

「嘘をつくな。嘘をつくと、どんな目にあっても知らんぞ」

「嘘などではございません。あの人は、ただの旅の吟遊詩人です。ひょっとわたくしのうちにやってきて、とめてくれといわれるから、お泊めしたまでです。それで、ガウシュの村でお商売をなさりたいというので、舟にのせて、お連れしました。そのときに、あなたがたがおいでになるのとゆきあわせて、すっかり恐しくなってしまったのでしょう。うまく逃げて、小舟であちらの岸に戻ると、もうこのあたりはこりごりだといって、そのまま出てゆかれました。本当です」

「嘘をつくなといっている。──お前たちは、このラミントほかのわが兵たちに追われてあわやとらわれるというところを、妙な謎の騎士とやらに救われて逃亡したのだとラミントが云っているぞ」

「ですから、そのあとに、もうこんな恐しいところはこりごりだといって、すぐに出てゆかれたのです。どちらにいったかは、存じません。本当です。あのかたは、ついおといにはじめておあいしただけのかた──旅から旅の暮らしだとうかがいました。あたしには、行き先も──素性もわかりません」

「この女、みかけによらず強情だな。あくまでもそう言い張るならば──まあいい」

《風の騎士》は、また、ムチに手をかけたが、ゆっくりと放した。その無表情な仮面の上になんとなく、面白がってでもいるような気配がみえた。

「ならばもうひとつ聞こう。その謎の騎士とやらは何者だ。そやつはどこへいってしまったのだ？」

「知りません。その——その騎士はあたしにははじめて見たおかたでした。どこの誰かも全然わかりません。なんで、わたくしたちを助けて下さったのか、どうしてこんなところを通りすがったのかもわかりません。——それに顔をすっかり、布でおおわれていたから、あたしには、そのかたの——命の恩人のお顔もわからないままでした。この次、お目にかかっても、おそらくわからないでしょう。——それよりも、ガウシュの村に火をかけたのですか。なんでそんなおそろしい、むごたらしいことをなさるのです。——村の人たちはどうなさったんです？　わたくしをとらえるために、こんなことをなさったんですか？　そう、湖水のほとりで騎士のかたたちが叫んでいるのをききました。——女、出てこい、出てこぬと、ガウシュの村を焼き尽くし、村人どもを皆殺しにするぞ、と騎士のかたたちが叫びながら湖水のほとりをゆきかっているのを。どうして、わたくしなんかをそんなにお探しになるんです。あたしはただのとるにたらないミロク教徒の仕立て屋の女です。ガウシュの村のひとたちに仕事をいただいて、ほそぼそと生き延びています。そのあたしをとらえるためにガウシュの村を焼き払うなんて、どうしてそんな恐しいことを。どうして——こんな……」

フロリーはわっと泣き出したいのをこらえるかのように、ピンク色のくちびるをかみしめた。だが、意外なほどに気丈な側面をみせて、ミロクのペンダントをしっかりと握り締めながら、泣きだそうとはしなかった。

「いったい、あなたたちは何者なんです。どうして、こんなことをなさるんです。あたしたちが——あたしやガウシュの村のひとたちが、いったい何をしたとおっしゃるんです。——あたしたちは、ただしずかにひっそりと暮らしていました。そのことだけが望みで——ミロク教徒であるのが、いけないとおっしゃるのですか？　あたしたちは、ミロク教徒だから、弾圧されるのですか？　あたしたちは誰にも迷惑をかけていません。あたしたちは、ただみずからの信じたい神を信じ、その戒律にしたがって生活したいためにこうして、こんな山奥にこもって暮らしているものたちです。どうして——」

「ミロク教徒などどうでもいい」

苛立ったように《風の騎士》が答えた。

「ガウシュの村の家々に火をかけたのは、ひたすらお前をおびき出すためだ。もう用はない。お前さえ、おとなしく我等——いや、俺のいうことをきくなら、べつだん村人を皆殺しにしようなどとは云わぬ。そんなことをしても一文の得にもならぬ。俺はあのゴーラの残虐王イシュトヴァーンとは違う」

「………」

そのことばをきいても、フロリーはあえて反撃しようとはしなかった。ただ、いたいほどくちびるをかみしめ、ミロクのペンダントをぎゅっといよいよきつく握りしめただけだった。

「おい。第五団のものたちにいって、火を消し止めさせろ。そしてもう、ほかの家に火をつける必要はない。村人どもが戻ってくるのなら、好きにさせろ。ただし、我々のしなくてはならぬことの邪魔だてをするのなら容赦はせぬといっておけ」

「かしこまりました！」

あわてて騎士たちが何人か、また馬に飛び乗って火の手のほうへ戻ってゆく。《風の騎士》はそちらへあごをしゃくってみせた。

「見るがいい。俺はこのように寛大な措置をとっている。俺はイシュトヴァーンとは違うのだ」

また、いかにもそのことばに意味をもたせるように、《風の騎士》はくりかえした。

「だったら、どうか、お連れになった村人たちも村にかえしてあげてください。あたしはこの村では本当にお世話になりました。そのあたしを面倒をみてくれたばっかりに、村のひとがひどいめにあうようなことがあったら、あたしは生きていられません。——でも、本当に、どうして、あたしのようなとるにたらぬ仕立て屋の女などをそのように……大騒ぎしてお探しになるんです」

「それはな——フロリー」

ゆっくりと、《風の騎士》が云った。瞬間、フロリーはからだをびくっとふるわせた。

「お前が、フロリーだからだ。そうだな。フロリー——お前はフロリーだな」

「何を——何をおっしゃってるのかわかりません。あたしはそ、そんな名前ではありません。——あたしは……あたしの名前はローラです」

「ローラだと。ここではそう名乗っていたのかもしれんがな。だがお前はフロリーだ。アムネリス大公閣下のお気に入りの侍女フロリーだ。俺に隠そうとしても無駄だぞ、フロリー」

「あたしはそんな——あたしはそんな、お偉いかたのおそばづかえなんか、出来るような身分のものじゃありません！」

フロリーは悲鳴をあげた。

「あたしは、ただのいやしい村の仕立屋の女です！　アムネリスさまのおそばになんかお仕えしたことはございません！」

「どうしてもそう言い張るのか？　後悔するぞ——だがそれならばもうひとつ聞こう。お前の連れていた、幼な子というのは、どうした？　いま、どこにいる？　どこに隠した？」

「子供？」

フロリーは細い両手をねじりあわせた。

「知りません。あたしには子供なんかおりません」

「この女め、意外としらじらと嘘をつくな。そんなことで俺に言い抜けがきくとでも思っているのか」

《風の騎士》は笑い出した。その笑い声は、仮面にこもって耳障りにひびいた。

「ミロクの神は、必要とあらば嘘をついてもいい、と認めているのか？　そうではあるまいが。——お前がいつも子連れでガウシュの村にきていた、ということは、みながもう認めているし、それに第一、ラミントたちが謎の騎士の妨害でお前たちをとらえそこねたとき、お前は幼い二、三歳くらいの男の子をつれ、そして吟遊詩人のマリウスと名乗る男といっしょだった、とラミントが証言しているぞ」

「……………」

「その子供はどうした。いまさら、隠すに隠せぬぞ。子供など、いないといいはっても、ラミントがしっかりと見届けている。無駄なことだ」

「あたし——は——！」

フロリーは絶体絶命になった。

それでもまだ、両手をもみしぼりながら、激しくかぶりをふった。

「あたしは……あの子はあたしの子ではありません。たまたまお預かりしていたよそさまの子なんです。村の——ええ、村の子なんです。村のひとのお子を乳母がわりに預かっていただけなので——その子は……」

「あくまでそう言い張るならそれでもいい。ではその預かり子というのはいまどこにいる」

「し、し——知りません。あの——あの騎士の人が……連れていってしまいました……」

いずれにせよ、しかし、フロリーは嘘をつくのは本来、得手ではなかった。

その顔はどんどん紙のように青ざめ、そして、しどろもどろになりながら、フロリーはかろうじて、なおも首をふりつづけていた。そのおもてには、見るもあわれなほどの必死の形相が浮かんできていた。

「嘘じゃありません。あの子は……騎士様が連れてゆかれたんです。あたしは——何処にいるか知りません。吟遊詩人さんもどこかにいってしまいました。ここにいるのはあたしだけです。お願いです。騎士様——ガウシュの村のひとたちを酷い目にあわせないで、あたしは何もお手向かいしませんから、どうかあたしを殺してください。そして、村のひとたちを苛めないでください」

「村の者などに興味など少しもないと云っているだろうが。わからぬ女だ」

せせら笑うように《風の騎士》が云った。

「俺が興味があったのは、お前と——そしてお前の連れていた子供、ただそれだけだ。いまとなっては、その謎の騎士というやつにも、いささかの興味はあるがな。あの吟遊詩人については、またそれとは別に——ちょっと確かめてみたいことがある。俺は噂をきいたのだ。諸国漫遊の吟遊詩人、そのなかに、ある非常に身分の高い、さる国の王子がいるとな。——あの吟遊詩人はなかなかに人品骨柄、卑しからぬ人相風体に見えた。それだけではない……俺には、どうしても、そやつをとらえねばならぬわけが——が、それはのちのち確かめてみるのでもよい。何はともあれお前だ。お前だけは見逃すわけにゆかぬ。そう、お前だ……」

《風の騎士》は、大股に、フロリーにむかって近づいていった。

はっと身をかたくするフロリーの前に立つと、小柄なフロリーは《風の騎士》の胸のあたりまでほどしかなかった。《風の騎士》は、革の手袋に包まれた手をのばし、ぐいとフロリーのちいさなあごをつかんだ。フロリーは身をすくませたが声はあげなかった。

「そう、間違いない。この顔を見忘れるものか。——何があろうと、見忘れたり、見間違いなどせぬ。——お前だ。お前はアムネリスさまのもっともお気に入りだった侍女のフロリーだ。間違いなど、あるものか」

「違います！」

フロリーの声は悲鳴に高まっていた。《風の騎士》は、なおもフロリーのあごをとらえて、ぐいと上をむかせたまま、間近で赤く燃える目でじっとフロリーを見下ろしていた。その周囲を取り囲む光団の騎士たちは、しんとしずまったまま、なりゆきやいかにと見守っている。

「あたしは――あたしはそんな者じゃありません。あたしは……ただのしがない仕立屋の女です」

「まだ云うか。――俺が、何も知らぬとでも思っているのか？」

ねばっこく、からみつくような声だった。

「お前はアムネリスさまともども、虜囚となったアムネリスさまについてあのクムのアムネリア宮へもお供したはずだ。いっときは、まわりの女官たちすべてがクムの女たちになり、モンゴールから連れていった女官はお前だけになったとさえきいているぞ。それゆえ、アムネリスさまの御寵愛はことのほか深かったと。――だが、その御寵愛を裏切り、お前はこともあろうに、アムネリスさまにも内緒ですでに恋人となっていたイシュトヴァーン将軍の情をうけて、そして、アムネリスさまのすでに恋人となっていたイシュトヴァーン将軍の情をうけて、そして、アムネリスさまのすでに金蠍宮を逃亡してのけた、と――そのことにアムネリスさまはたいそう衝撃をうけられ、お前がミロク教徒になったと考えて非常にお怒りであったという話を――俺は知っているのだぞ」

「なん――なんですって」

フロリーは、ついにひっかかってしまった。

「どうしてそんな――そんなことまで！　あたしがミロク教徒になったって――いったい、どうしてそんな！　アムネリスさまはご存知ないはずです、そんなこと――あ……」

「認めたな」

くっくっと、低く陰険そうに《風の騎士》が笑った。

「やはり、お前はフロリーだな。さあ、もう、隠しても無駄だ。逃れるすべはないぞ——認めるがいい。お前はアムネリスさまの侍女のフロリーだ。そんなことは最初からわかっていたといっているだろう。俺はお前をよく知っているのだぞ。そして、お前も、俺をな」

「なんですって——！」

今度は、フロリーは驚愕のあまり、秘密をもらしてしまったことへの後悔さえ忘れたようだった。

「あたしをよく知って——そして、あたしもあなたを——？　誰、誰なんです。あなたはいったい誰なんです！　そんな仮面に顔を隠していないで、そのお顔を見せてください。あなたはいったいどなたなんです！」

「わからんか。そういう意味では、あまりカンのいい女じゃないな」

また、くっくっと《風の騎士》が笑った。

「まあ——それとも、あまりにも遠い過去のことで、忘れてしまったか？　そうかもしれんな。あれからいったい何年の月日が流れ過ぎたことか——十年？　いや、まだ十年はたっておらぬはずだ——だが、俺にとっては、百年にもひとしかった。いや、一千年かとも思うほど――遠い昔にしか、いまとなっては思われぬ。いまとなってはな」

「わかりません」

フロリーはまた両手をもみしぼりながら叫んだ。

「教えて下さい。あなたはいったいどなたなんです。なんで、そんなに秘密めかした、謎めかしたことばかりおっしゃるんです。アムネリスさまとあたしのことを知っているんですか。イシュトヴァーン――イシュトヴァーンさまのことまで、おっしゃるからには……あなたは……あなたは、あたしの知っている――誰なんです。宮廷にいらしたかた？　ああ、お願いですから、お顔をみせて、答えて……」

「顔？」

また、低く、《風の騎士》は笑った。

「この顔が見たいのか？」

「……」

一瞬、その声のひびきのなかにあった何か奇妙な――言いようもなく奇妙なものが、フロリーを硬直させた。

フロリーは、突然いわれない不安にかられたように目を大きくして、《風の騎士》を見上げた。そして、弱々しくもがいた。

「あ――あの……」

「この顔が見たいのか。――そうか、見せてやろうか。見たら後悔するぞ……おそらく、見るのではなかった――見なければよかったと、後悔するぞ。……ひとたび見たら決して忘れられはすまい。そしてまた……ひとたび見てしまえば――もう引き返せぬぞ。俺は俺の顔を見た者を決して許さぬからな」

「なん――何のこと――なんですって……」

「それでも見たいか。俺のもっともいまわしい秘密をあばきたいか。――これまでもそのようなおろかなことを考えた奴はいないわけではなかった。だが、そやつらはみな、そのおのれの考えたことを深く後悔したものだ。――おのれのいのちで代償を支払いながらな。……俺の顔をみれば、そやつは――俺が生かしておかぬ。それでも見たいか？」

「あ――あ――あの……あの――」

「見たい、というのはただの好奇心か？　それとも、本当に俺の正体を知りたいのか。まだわからぬのか？　お前と俺は、いろいろなときに共にいたのだぞ――同じアムネリスさまのおそば近くに仕え、いろいろなおりにお前とも口をきいたぞ。むろん俺は変わり果てていよう――あまりにもいろいろなことがあってな。だが、それでもなお、俺はお前を一目で見分けたぞ。……お前が俺を一目で見分けられぬのはしかたないとしたところで、こうして話していてさえ、わからぬか。そんなに俺は変わったか？　ええ？

俺はそんなにも、往年のおもかげなど、まったくないか？　あのころは、皆が、俺を好男子だと思っていたものだ。さわやかな好男子だとな。なんというばかげた褒め言葉だ――ほかにもさまざまな呼び名があったさ。俺を褒め称えるためのな――俺はたくさんの崇拝者にとりまかれていた。生まれも家柄もいやしからぬ俺、武勇を誇る俺、いっときはアムネリスさまの御寵愛をうけ、もしかして、次のモンゴール大公のむこがねになるのはこの俺か？　とさえ期待に胸をときめかせたこの俺――」

くくくくく――

暗い、ぶきみな、ぞっとするようなくぐもった笑い声が、銀の無表情な仮面の下からもれた。

「忘れてしまったか。無理もない――お前もまた、あれこれとそののちあまりにも変転をかさねたのだろうからな。お前にさいごにあったのはいつだったか、俺のほうはよく覚えているぞ。お前はアムネリスさまのうしろに立っていた。アムネリスさまの長く長くひいた白いヴェールのすそをささげもち――そして白いつきそい娘の正装をしてな、おおいに可愛らしかったし、うら若かった。あのお前に憧れた騎士たちもおそらくは多かったにちがいない。アムネリスさまのように豪奢な美女ではなかったにせよな。アムネリスさまはあまりにも豪奢であられすぎた。女神のようなかただった――だから、そのかたわらのちいさな白いマリニアに恋をしていた男たちも、俺はたくさん知っていたものだ。——だが、お前はこともあろうに、アムネリスさまの夫たるモンゴールの左府将軍イシュトヴァーンに摘み取られてしまったのだな。なんというおろかな、そしてみだらなマリニアの花であったことか！——みだらなマリニア、そして愚かな——」

「なん——何で、なんですって！」

フロリーはいまや半狂乱に手をもみしぼっていた。

「なんですって！　いったい、ああ、いったいあなたは——白いヴェールですって……つきそい娘の正装ですって……何をおっしゃってるのです。それはいったいいつのことなんです。あたしは……あたしは……ああ、いったい、それは……」

「お前は俺が飛び出すと悲鳴をあげて飛び退いた」

銀の仮面がぶきみにゆらめくように思われた。

「そして、俺は——いっとき、お前を人質にとって逃げようかと思った——襲撃に失敗したことがわかったときな。アムネリスさまをさらって逃げるつもりだったが——だが、あの男が立ちはだかって、あの悪魔のような男、そして——身の程知らずにもアムネリスさまを妻にしようと——サリアの祭壇の前にすすみ——あの男の受けたその後の運命はすべて、あのおそるべき欺瞞の代償だ。あの男は俺をだましたのだ——だましたのはあの男そのものだったのだ。俺はそのことをずっとあとになってから、はじめて知った——なんということだろう。俺は……それから何年もたつまで、自分がかくもふかくたばかられていたことさえ、知らなかったのだ！」

2

「何を――何をおっしゃっているのか、わかりません……ああ、わかりません、わかるような気がしますけれど、おそろしい、わからない……」

フロリーは叫んだ。そして息が苦しいかのようにのどもとに手をもっていった。

「たばかって？　たばかられて？　サリアの祭壇？――アムネリスさまを妻に――それは――それは、イシュトヴァーンさまのことなんですの？　イシュトヴァーンさまは……イシュトヴァーンさまのご婚礼をあげられたことは、あたしは……ずっと知りませんでした。イシュトヴァーンさまとアムネリスさまが結婚されたことは……遠いこの地ではじめてききました。そうなるだろうとは思っていましたけど……」

「誰がイシュトヴァーンのことなどいっている」

《風の騎士》は嘲笑った。その声は奇妙にかすれて、ひどく聞き苦しかった。

「あやつは俺のことなどは知らぬさ。俺もまたあやつを知らぬ――あやつが抬頭してきたのは、俺があの深い深い闇の底をのたうちまわり、さまよい、そして発狂しているあいだのことだ。そうだ、俺は狂っていた。いや、狂わされていたのだ。長い長いあいだ、俺は幽閉され、忘れられ、餓死寸前になり、気が狂い——そして、あまりのことにほとんど、まわりで何がおこっているかさえ気が付かぬありさまだった。そうやってなかば意識を失っていることでだけ、俺は生き延びたのだ——もしもちゃんと意識がはっきりしていて、おのれの陥っている状態を思い知らされ続けていたら、俺は——たぶん本当に狂死していた。さもなくば憤懣と怒りと瞋恚《しんに》のあまりとっくに悶死していたに違いない。俺は——精神をとざしてしまうことで生き延びた。それ以外になすすべを知らなかった——どれほど深くたばかられたかということも俺は知らなかった。知らぬあいだは、何がなんだかわからぬままで、ただひたすらけもののように、闇にとざされて苦しんでいられた——そして、そうだ、いったい何年のあいだ、俺があの恐しい闇の底に封じ込められ、忘れ去られ、そのまま葬られていたと思うのだ？　こんな恐しい体験をした人間を見たことがあるか——これ以上、恐しいことがあるか。俺は五年ものあいだ、幽閉され、閉じこめられ、忘れ去られ——最初のうちこそ食事を運んでくる牢番がいたが、だんだん忘れ去られ、俺は牢の奥を走るトルクをとらえて、生のままひきさいて獣のようにむさぼりくらい、壁をしたたり落ちる水をのみ——そして、地面にわくウジムシや土くらいをほじくりかえして食って生き延びたのだ。なんという恐しい闇の地獄だっただろう——想像がつくか。決してつくまい」

《風の騎士》は、いまや、おのれの恐しい追憶にすっかりとらわれてしまったかのようだった。

もはや、とどめるすべさえも忘れたかのように、滔々と一気にせきをきって吹き出してくるうらみつらみ、恐しいその物語を、フロリーは息をのみ、ただ茫然と口に手をあてたまま聞き入るばかりだった。まわりの騎士たちでさえ、この話を耳にしたのははじめてであったとみえて、茫然と聞き入っていた。

「俺より恐しい運命にあった男がいるだろうか。俺はそのまま朽ちはてるところだった。意識もなくなり、ただ、目の前にウジムシや土くらいやトルクがいればそれにとびかかってわずかばかりの肉をひきさいて恐しい飢えをみたそうとする——すさまじい獣、生命ある怨霊となりはてていた。——誰ひとり俺の存在を思い出す者はなく、誰ひとり俺を助け出してくれようとするものもなかった。あの悪魔は、俺を利用するだけして、俺を地下牢に——誰にも俺の存在を知られることのないよう、閉じこめると——薄情にも、忘れてしまったのだ。極悪非道のやつめ——いや、あるいは、忘れぬまでも、あのまま放置しておけば、もっとも簡単にけりがつくだろうと思ったのだろう。——時が俺を餓死させ、そしてミイラ化させ、そしてついには死体さえも瓦壊させていってしまうだろうと期待して、あっさりと俺をむごたらしくもあの地下牢にとざしたまま——顔がみえぬよう外すことのできぬ鉄仮面をつけさせたまま、葬り去ってしまったのだろう。このうらみ——決して忘れはせぬ。どれだけ時がたとうと、生き変わり死にかわり、いつまでも忘れはせぬ。たとえきゃつがもはやこの世の人間ではなかろうと、その前に死ぬよりも酷い苦しみをなめ、俺に劣らぬほどのむざんな運命、寝たきりで、両手両足の機能すべてを失うという運命を味わったとしたところで、俺はきゃつを許さぬ。きゃつだ——あの魔道師めと、あの吟遊詩人を使って、俺をおとしいれ、はめ、生き地獄に葬ったのこそ、きゃつだ。あの悪魔、黒髪の悪魔——アルド・ナリスの悪魔めが！」

「ええッ！」

ふいに——

フロリーの口から、恐しい叫びがほとばしった。

「ア、ア——アルド・ナリス——そ、それは……」

「マリウス。そうだ、あの吟遊詩人、それがマリウスと名乗った。やつだ——ずいぶんとそれから時がたって、いささか年は加えたかもしれぬが、俺を最初におとしいれたやつの顔を見忘れるものか。あいつだ——あいつが俺を陰謀にひきこみ、そして、そのすべてのお膳立てをあの黒髪の悪魔が書き——そして、栄光にみち、洋々たる前途にみちていたこの俺の人生を破壊し、生き地獄のなかで五年の余ものたうちまわらせることになったのだ——そうだとも。血も涙もない……俺の一生は終わった。俺はきゃつらのおかげで地獄に落ちた。もう二度と、俺は——俺は正々堂々と日の目をみられることはない。俺は――俺は地獄からかえってきた。それでも奇跡的に地獄から生還してきた。いまだに、こうして生きて自由に動き回っている、ということが信じられぬ――あの生き地獄の夢を、おそろしいあの水びたしの地下牢、じゅくじゅくといつも壁が水に濡れていた地下牢の夢をみてうなされて飛び起きる――自分が、こうして自由の身で、みずからの意志で選んでこの仮面をつけているのだ、いつでもこの仮面ははずせるのだ、ということをわすれ、助けてくれ、この仮面をとってくれと絶叫しながら飛び起きる。――だがあの地下牢があゝして、いつも水がしたたっていたからこそ、俺はその壁をなめ、水をすすって生きのびることができたのだ。指さきにつけた水を仮面のすきまから口にはこび、なんとかして生き延びた――地獄だった。これほどの地獄があっただろうか。これほど恐しい目にあった人間がこの世にいるものか――これが、かつてはあれほどに栄誉をきわめ、前途洋々としていた者のなれのはてだ。俺をほろぼしたあの甘言で俺をいつわり、はめた悪魔どもの一味――その名はひとつとして忘れぬ。アルド・ナリスは死んだ――だが、まだマリウスが、そして魔道師のヴァレリウスが残っている。そして、イシュトヴァーンだ――」

「あなたは――」

ガクガクと、フロリーのからだはふるえはじめていた。どうしても、そのふるえをおさえることができなくなってしまったかのように、フロリーは両手でそのかぼそいからだをしっかりと抱きしめた。

「あなたは――あなたさまは――ま、まさか――ああ、あなたは……」

「俺は――その生き地獄にさえ、まだ俺の苦しみが足りぬとでもヤーンの神が思われたかのように……そのまま、生きながらその地下牢のなかで焼き殺されるところだった。炎が入ってきて――なかば正気を失っていた俺は、だが、いまだに――どうやって牢獄がその炎上によって壊れ……おのれが炎に包まれながら外に出たのかわからない。わかるのは、おのれがひどい火傷をおって瀕死のまま、あてどもなくさまよっているところを、親切な商人に見つけられて救い出された、ということだけだ。その命の恩人が、俺のことをあわれんでくれ、そして、俺をかくまってくれた、ということ――それさえも、完全に意識をとりもどし、そしておのれがどうなったのかを知るまでには――ひと月以上も俺は……最初のうちはただこんこんと眠りつづけ、それから意識をとりもどしても何がどうなったのやらさっぱりわからず――俺の意識は、あの《死の婚礼》のときからとまっていて――もはやこの世にモンゴールがないということも――俺の祖国が、いかにして、あの悪魔の陰謀により、三ヶ国連合軍によって叩きつぶされたかということも……そして、アムネリスさまが、クムの虜囚となられ――そしてこともあろうにあのイシュトヴァーンのような下司な野盗の……その力をかりてモンゴールを再興されたばかりに――ついにはゴーラにのっとられ……」

「……」

「俺の閉じこめられていたのはランズベール城の地下牢だったらしい。そののち俺はマルガにつれ去られた——そしてマルガが陥落したとき、俺は地下牢から出られたのだ。そのことも俺はずっとのちになってから知った。俺は……親切な商人の家で長いあいだ死線をさまよい、介抱されながら、半年近くもたってようやく多少の正気をとりもどし、同時に体も少しづつ、回復してきたのだ。ようやく動けるようになったとき、俺は恩人の家をあとにして、モンゴールにむかった——そして、かつての家臣であり、父の忠実な腹心であったポラックと再会し、こんどはそこにかくまわれることになった——だが、そのときにはもう、俺は……俺は二度とはもとの俺には戻れぬすがたかたちとなり——やけどでやけただれ、長年閉じこめられていたあいだにその恐しい生活のむくいもうけ——そして、その上に俺の愛したものはなにもかもくつがえされてしまった——俺はかくまってくれたポラックからきいた。俺の父、マルクス・アストリアスが三ヶ国連合軍に処刑されたこと。それを悲しんで母は病死し——そしてモンゴールはついえ——俺のあれほどお慕いしていたアムネリスさまは、モンゴール再興の悲願ゆえに、イシュトヴァーンごとき野盗に身をまかせられ——」

荒々しく、《風の騎士》は拳をにぎりしめた。

「そして、イシュトヴァーンごとき卑しき者を夫とせられたばかりに——イシュトヴァーンの反乱によって幽閉され――ついには、イシュトヴァーンの子を産み落とすと同時に憤懣のあまり自害されてこの世を果てられたと……なんということだろう。なんという――俺の世界は、すべてくつがえされ、何ものこっていない。俺の愛したものも、俺の栄光も、俺の人生も――何ひとつ残されていない……もう何もなくなってしまった――かつてはあれほど若く、栄光に満ちていたこの俺の――《ゴーラの赤い獅子》とまで呼ばれたこの俺の……」

「ああ――！」

フロリーは、いまにも悶絶しそうであった。それでもかろうじて、彼女はまだ、気力をふりしぼって立っていた。

「ああ――なんという――ああ、なんという！　それでは、あなたは――それでは、あなたは――！」

「やっと、わかったようだな……」

《風の騎士》は、暗くくぐもった、陰惨な笑い声をたてた。

「だから、云っただろう。お前は俺をよく知っていると。――そうだとも、俺は生きていた。すべての者たちの期待を裏切って、無事に生きて――あれほどの地獄から生き延びて帰ってきたのだ。だがもう――だがもうアムネリスさまはいない……」

「アストリアスさま！――ああ、アストリアス子爵さま！」

ついに——

禁じられた叫びが、フロリーの唇からほとばしった。

《風の騎士》は、激しくそのからだをふるわせた。銀の無表情な仮面につつまれた顔が、そのなかで激しくゆがむさまが、はっきりと想像できるほどであった。

「そうだ！　俺はアストリアスだ！——アルド・ナリスの陰謀により、にせ婚礼でたばかられ、アルド・ナリスの暗殺によってモンゴールが救われ、アムネリスさまを得られると……いつわりのたくみを吹き込まれ……まんまとにせアルド・ナリスを殺してひっとらえられ、地下牢に放り込まれて葬り去られようとした——とんだ道化の暗殺者として利用され、捨てられ、踏みにじられ、忘れ去られてくちはてようとしていた——アストリアスはこの俺だ！　おのれ、アルド・ナリスめ——おのれ、イシュトヴァーン——アムネリスさまとモンゴールに悲運をもたらしたのはすべてこの二人の悪魔にほかならぬ！　俺は——俺は、もはや滅びはてたこの俺の残るすべての一生をかけて——」

「アストリアスさま——ああ、アストリアスさまが……赤騎士隊長アストリアスさまが、生きていられたなんて……」

「もう、お守りすべき、俺の最愛の——俺の女神であったアムネリスさまはこの世におられぬ」

《風の騎士》——いや、アストリアスは呻くように苦しげな声を絞り出した。

「俺が地下牢で呻吟しているあいだに、アムネリスさまは、俺の光の女神は、むざんな運命にあってこの世を去られてしまった。——あまりにもむざんな運命に——そして、俺をそれほどむごい目にあわせ、地下牢を這い回る陰獣として五年もの長きにわたる恐しいこの世のほかの苦しみをなめさせた黒幕たるアルド・ナリスは、おのれ、狡猾にも、俺の復讐を待たずにこの世を去ってしまった。くそ——おのれ、この俺の手で——どれほど俺がたばかられ、おそろしい辛酸と苦しみをなめたものかを、この手で思い知らせ、あのやさ男をこの手で引き裂いて八つ裂きにしても飽き足りなかったものを——きゃつは狡猾だから、俺の復讐の手からもたくみにすりぬけてしまった。いまとなっては——俺に残された使命はただひとつ——アムネリスさま、俺の女神にそのようなむごい自害の悲運をもたらし、我が祖国モンゴールをこのような悲劇の国家として占領のくびきをかけたもうひとりの敵イシュトヴァーンをほろぼし、アムネリスさまの仇をうつ、ただそれだけなのだ。——俺の人生はもう終わった。俺はただ、そのためだけに生きている。そのほかの望みはもう何ひとつとしてない——さいわい、その俺の宿願にこれだけのものモンゴール騎士団の残党が共鳴して集まってくれた——それだけではない。いろいろな地方に、俺のうわさをきいてぜひとも参加したいと詰めかけてきてくれるモンゴールの残党が多い。それを集めれば——いまだにもしも、《ゴーラの赤い獅子》の名に何かのききめがあるものであれば——」

「……」

「そうすれば、ほど遠からぬ未来に、この俺が率いる光の女神騎士団を中核として、モンゴール独立奪還軍を組織できるだろう。どこまでもどこまでもイシュトヴァーンに追いすがり、その命を奪い――もっともむごたらしい破滅を与えずにはおくものか。それがいまのこの、むざんな、生まれもつかぬすがたとなりはてた俺のたったひとつの望みだ。ただひとつの生きる目標だ。……それ以外にはもう俺には何もない。恐しい火事で俺はひとまえに出すことのできぬ顔かたちとなった。髪の毛も頭の皮膚もすべて焼け落ち、顔もまた――見たいか。いまの俺のむざんな顔が見たいか？」

「あ――ああ……」

詰め寄られて、フロリーはかすかな悲鳴をあげた。アストリアスはあざけるかのようにその仮面に手をかけた。フロリーは必死に首を横にふり、ちいさな両手をあわせた。

「ああ、ごしょうです！　アストリアスさまなら、まさしく旧知のおかたではありませんか！　それなのにどうしてこんな――どうしてこんな……」

「お前が生んだのは、イシュトヴァーンの子だろう！」

恐しい叫びが、《風の騎士》アストリアスの口から漏れた。フロリーは蒼白になった。

「ひ……」

「どうだ。何か申し開きがあるか！　俺にはちゃんと、さまざまな宮廷の事情を告げてくれる内輪のかつての家臣や女官や――さまざまな情報提供者があったのだぞ。女官のルシアを覚えているか。あの女はずっと長いことアムネリスさまのおそばにいたが、アムネリスさまがアルセイスに連れ去られるときに女官をさがり、こちらに残った。その女と会って、俺はお前がイシュトヴァーンに恥知らずにも抱かれたことをきかされたのだ。それはもう、女官たちのあいだではたいそうな評判になっていたことだった。どうしてお前が出奔したかなど、知らぬ者はひとりもいなかったそうだぞ！　しかも、お前は――お前は、ただアムネリスさまの御寵愛をうけていただけではない、クムでは、アムネリスさまの、寝台のお相手までもつとめていたそうではないか。恥知らず――なんという姦婦だ。可憐なみかけに似合わぬ大淫婦とはきさまのことだ。揚句、イシュトヴァーンの子を生んだのか――敵の子、アムネリスさまを殺したかたきの子を！」

「ち、違い――ああ、違います。そうでは……いえ、そうですけれども、ああ、でもそうでは……ああ、あたし、どうしたら――！」

フロリーの小さな心では、このすべてのなりゆきは、あまりにも苛酷すぎて、受け入れることが出来ぬものであったようだった。

フロリーはふいに、引き裂くような恐しい悲鳴をあげた。そして、そのまま、湖畔の土の上に、気を失って倒れてしまった。

まるで、摘み取られたマリニアの花のようにフロリーがくたくたとくずおれるのを、冷ややかにアストリアスは見下ろしていた。銀色の仮面がぎらりと湖水の照り返しをうけて光った。

「連れてゆけ」

その口から、冷ややかな命令が発せられた。

「この女には、何があろうと、イシュトヴァーンとの間に出来た子供の行方を白状させねばならぬ。――なまじ俺の素性といきさつを知ったからは、その子どもを渡せば殺されるか、あるいは人質として利用されるか、いずれにせよ用がすんだあかつきには何があろうと抹殺される、ということは想像がつくだろう。母親としては、おそらく、おのれの一命を賭して我が子を守ろうとするのだろうが、これこそはモンゴールの大義と、そしてアムネリスさまの復讐だ。その前にこのようなたかがちっぽけな女ひとりのいのちなど、何の価値もない。――連れてゆけ。そうだな、おそらく、子供であれば誰かにあずけて逃がしたにせよそう遠くにはいっているまい。そのへんの――そうだな、あの村長の家でもかりて、そこを本拠とし、そしてそこでこの女の口からゆっくりと、子供の居場所を吐かせてやることにしよう。おい、誰か、レノのひきいる本隊に伝令を出し、我々がしばらくこのガウシュの村を占拠してイシュトヴァーンの子供を探索するゆえ、本隊もこちらにむかってまた引き返して合流しろ、と命じろ。まだ当分、この探索は時間がかかりそうだ」

「かしこまりました！」

「急げ。なるべく早く本隊にこちらに合流させるのだ」

「はッ！」

「この女を運び出せ」

アストリアスは命じた。二人の騎士が、ぐったりと気を失って倒れたままのフロリーを無造作に肩と足をかつぎあげて、片方の馬の鞍にのせた。

（……）

ものかげで、グインはなおもじっと見守っていた。一瞬、グインは、いまこそ飛び出してフロリーを救出すべきかどうか、とかなり迷った。

（だが――スーティとマリウスが……）

（ここでフロリーを救出してしまうと――たぶん、この《風の騎士》――いや、アストリアスとやらいう男の一隊全員を片付けないわけにはゆかなくなるな……いや、そうせねばならぬものであれば、本隊が戻ってくるまえにそうしたほうがいいだろうが……）

（しかし何かどうやらかなりわけありのようすだ――一気に、俺が介入して力づくの腕たてにしてしまうのもどんなものか……フロリーとアストリアスという男が知り合いだということなら……もっといろいろな事情が……わかってくるかもしれぬし……）

（だが、かよわいフロリーを拷問にかけさせるのは気の毒だな……それにスーティやマリウスが発見されてしまうと、守らなくてはならぬ者が三人に増えてしまう。これだけの人数を引き受けて、三人を守ってということになると——これはなかなか厄介だな。はて、どうしたら……)

(どうするのが一番の得策かな……)

《風の騎士》は兵士たちを集め、もとのヒントンの家のほうへ戻らせるよう次々と指示を出している。鞍の前にのせられたフロリーのうしろに、騎士のひとりが飛び乗って、馬を歩かせ、そちらに戻ってゆこうとしている。グインはさらに迷った。

が、そのときであった。

「待った」

ふいに——

声が——凜とした強いひびきをもつ声が、森のなかからかけられたのだ。

グインははっとなった。それはグイン自身がひそんでいたのとは、ちょうどまさに反対側の森かげからの声であったが、グインはそこにも誰かがひそんで自分と同じように気配を殺してようすをうかがっていようなどとは、気付かなかったのだ。

(この俺に——気付かせぬとは……随分と……)

いかに、話のなりゆきに気を取られていたにせよだ。

「なんだと」

たちまち、光団はさっと全員が緊張した。ぱっと《風の騎士》とフロリーをのせた馬を取り囲むかたちに寄り集まり、もう戦闘態勢に入っている。なるほど、旧モンゴールの騎士団の残党というのならば、そのきびきびとした動きも納得のゆく、いかにも鍛えられた職業的な動きだ。

「誰だ！」

「その娘――返していただこう」

鋭い声だった。

だが、グインはまた微妙にはっとするものを感じていた。

（この、声は……）

「何だと。どこだ。何者だ、出てこい」

「………」

ひらり、と――

単身、馬をかって森かげからあらわれたのは――

傭兵のよろいをつけ、傭兵の革マントをつけ――そして、フードをうしろにはねのけ、かぶとはかぶらずに、顔をすっぽりと、白い布でつつんで目だけを出している、異様な風体のひとりの騎士であった。

「あっ」

ラミントが声をあげた。

「こいつだ。団長殿、こやつであります。仲間を切り倒し、女と子供と詩人を連れ去ったのは！　まさしくこやつでありました！」

「何者だ」

《風の騎士》が声を張った。一気にまた、湖水のほとりに緊迫した空気がはりつめた。

3

「貴様――何者だ！」

「問答無用」

低いくぐもった声だった。だが、グインは、何かはっとするものを感じていた。

（これは――いや、間違いようもない。これは）

（これは――女だ……）

それは、光団の騎士たちにも、むろん聞き取れたのだろう。かなり女性としては低い声だが、充分に、女性のひびきをもった声だ。騎士たちがざわっとざわめき、そして、《風の騎士》を見上げた。

「団長殿！」

「この――こやつは――」

「貴様、女か？」

するどくアストリアスが叫んだ。同じくぐもった声でも、こちらは明瞭に、もっとずっと低く太い声である。

「何者だ。女騎士のぶんざいで、この光団のゆくてをさえぎるとは、容赦せぬぞ」

「男だろうが、女だろうが、大きなお世話だ。——大の男どもが大勢集まって、か弱い女子供だの、剣をもつすべをも知らぬ吟遊詩人などをいたぶろうとは、男の風上にもおけぬな。そのくらいなら、自分のほうが百倍男だ。その娘を返し、その娘親子から手をひけ。この娘は一切の争いを望んではおらぬ。娘が望んでいるのはただ平和で静かな暮らしだけだ。どのような理由があれ、そのようなものたちをお前らのいくさにまきこむのは許しておけぬ。——男どもが、おのれの身勝手で女子供の生活を破壊するというのなら、同じ女として、この自分がそれをふせぎ守ってやろうぞ」

「大きな口を叩きおって」

アストリアスはかっとしたようにみえた。

それは奇妙な光景であった——銀色の無表情な仮面をつけた《風の騎士》アストリアスと、そして顔を白い布でぐるぐるとつつみ、目だけを出した謎の女騎士。——同じようなふうていでありながら、何か、むきあってにらみあう二人をつつむ空気にはひどく決定的な違いがあるように思われた。アストリアスの身を包んでいる、陰惨で暗い、しかもどこかぎごちない不自然な空気と、そして、謎めいた女騎士が口をひらいているうちに、グインに感じられてきた、ふしぎと闊達なのびやかな空気。——それは、黒と、白、闇と光ほどにも違っていた。

「名を名乗れ。それほど口はばったく云うからには、さぞかし名ある女騎士でもあろう。名を名乗れ。さもなくば――」

「さもなくば、どうするというのだ。大勢でとりこめて馬からひきずりおろし、力づくで名乗らせてみようとでもか。――生憎だが、そのような男どもの暴虐に大人しく屈するほど、やわではない。その娘をおとなしく返さばよし、さもなくば、その娘を待っている子供のためにも、腕づくでその娘は頂いてゆく」

「待っている子だと」

アストリアスは鋭く叫んだ。

「さては、その子、きさまがかくまっているな、女！　よーし、者共、ぬかるな。この、英雄きどりの女武者をおっとり囲んでとりこめ、取り押さえろ。この女の口から、悪魔王イシュトヴァーンの血をひく悪魔の子のありかを引き出してやる」

「出来るものならやってみるがいい」

女武者が挑発した。そして、すらりと、腰の細身の剣を引き抜いた。

（ふむ……）

グインは、ものかげから、いよいよ彼には興味津々になってきたなりゆきをじっと観察しながら、トパーズ色の目をするどく細めていた。

(なかなか、出来るな……あれだけの口を叩くだけのことはあって、なみの女ではない……普通に武技をおさめたというだけの女では、なかなかあれだけの構えにはなるまいし——肝も据わっている。それに、ずいぶんと場慣れしている女武者だ。……これは、たぶん、ただ武芸をおさめたというだけではない。これまでにかなりたくさんの実戦の経験を積んでいる女だな……それも、生きるか死ぬかの本当の白兵戦を、女の身でありながら、普通の男の傭兵にもおとらぬほどに積んできた騎士だとみえる……)

(大したものだ。——だが、いかにたくましいといっても——実戦の経験も豊富そうだといっても女だ——体力のほうがさいごまでもつかな。……といって、すでに《風の騎士》の部下の伝令が本隊を呼び戻しに出発している……本隊が戻ってくると三百五十余騎、それだけいると——さすがに俺でも少しことが面倒になるな。いまのうち、か……ふむ。どうやらしおどきだな……それにあの女騎士の口振りではどうやらスーティをかくまっているのはあの女だ。……マリウスに預けてフロリーのあとを追ってきた、ということか……)

グインは、そっと、剣の柄に手をかけた。いつでも抜けるよう身構えながら、なおもじっと様子を見守る。

「この女め、やる気だな」

アストリアスが怒鳴った。

「よかろう。ラミント、ゼイン、かかれ。この女ごと引っ捕らえて糾明しろ。殺すなよ――たぶんこの女がイシュトヴァーンの子供のゆくえを知っているぞ」

「かしこまりました！」

「女！　俺が相手だ！」

「誰かと思えばどうやらその顔は見覚えがある。さっき、私に切りたてられ、部下を三人まで切り倒されてなさけなくうしろをみせて逃げていった隊長殿だな」

女騎士が挑発した。みるみるラミントの顔が真っ赤になった。

「きさま――許さん。部下どもの仇だ。くらえ！」

たちまち――

光団の騎士たちが殺到した。が、女騎士は馬をかって一気にゆるやかな湖畔の傾斜をかけあがった。

「どこにゆく！」

「口ほどにもない、もう逃げるか！」

口々にわめく騎士たちをしりめにかけて、女騎士はかるがると馬を御してガウシュの村のほうへとかけさせてゆく。

（足場のよい平らなところを戦いの場にとるつもりだな――）

グインはすかさず、剣をそっとぬきはなちながら、茂みのなかをくぐって、どっと移動してゆく一団のあとを追った。

フロリーをのせた馬は、半数の騎士たちに囲まれ、やはりガウシュの村の中心部へと向かっている。女騎士はその馬を追うようすにもみえる。そのあいだに、《風の騎士》みずからが率いた、ラミントをはじめとする十二、三人の騎士たちが割り込んで、ゆくてをふさいだ。

「女！　俺が相手だ！」

「おお、来い。へなちょこ男どもめ」

女騎士が剣を構える。相手をひとりと甘くみたのだろう。二人の騎士がいきなり、無造作に殺到し、猿臂をのばして女騎士を馬からひきずりおろそうとした。女騎士はすかさず剣でなぎ払い、騎士たちがひるむすきに、馬をあやつってそのあいだを駆け抜けざま、あいての馬の足を切った。たちまち、悲しい悲鳴がおこって、馬がどうと倒れ、騎士たちを振り落とした。

「卑怯な！」

馬の下敷きになってもがいている同僚をみて仲間の騎士たちが怒鳴った。

「こやつ、卑怯な手をつかうぞ！　気を付けて近づけ。遠くから、槍で馬から引き落としてやれ！」

「おう！」

槍をかまえていたものたち数騎が、入れ替わって女騎士を取り囲む。《風の騎士》はまだその部下どものうしろから、女騎士の正体と実力のほどを見定めるかのようにじっと赤くもえる目を注いでいる。

グインは、面倒くさくなった。そのまま、茂みから影のように飛び出すと、フロリーをのせた馬の横にあやしい幽鬼さながらに忍びより、いきなり、フロリーを乗せている馬の鞍から、乗っていた騎士の足をつかんでひきずりおろした。そのまま剣でのどもとを貫き通し、絶叫がおこるのをうちすてて、ひらりとかわって馬にうちまたがった。

「わああッ！」

たちまち、そちらでも、悲鳴がおきる。

「ま、まだいたぞ！」

「な、何者だ、こやつも女の仲間か！」

「うわッ——手、手強いぞ……」

そのような反応など待ってはいなかった。グインはフロリーをのせた馬の手綱をひき、フロリーを落ちぬように鞍の上に押さえ込んだまま、馬首をめぐらせて、女騎士が槍ぶすまのまんなかで剣をかまえている、そちらにむかって突進した。馬は乗り手のかわったことになかば怯えつつも、圧倒的な手綱さばきのなすがままに、いくぶん重みによろめきながらそちらへ殺到する。だが、グインは、そこでいきなり馬から飛び降りた。

「そこの女武者どの、こやつらは俺にまかせろ」

グインは叫んだ。はっと女が白い布に包まれた顔をむける。

「この娘を頼む。よければ先に連れて逃げろ。あとは俺が始末してやる」

「ええッ」

女武者が、はっとなった。

「そ――そのお声は！　そのおすがたは、まさか――」

（この女――俺を、知っているか）

その思いも一瞬だった。グインはそのまま、ラミントの馬にとびつき、ラミントをひきずりおろすなり、一刀のもとに首をはねた。どっと血の吹き出る、一瞬前まで首のあった死体をつきはなして、乗り手を失ったラミントの馬の尻を思い切り叩き、槍をかまえた騎士どもの真っ只中につっこませる。馬は逆上して悲鳴をあげながら突っ込んでゆく。たちまち、騎士たちはあわててそれをよけようと混乱に陥った。すかさずグインはもう一騎をひきずりおとし、胸もとを差し貫き、その馬を奪って飛び乗った。

「き、貴様！　今度は何者だ！」

「この娘の連れだ！」

グインはいきなり、おのれのフードをはねのけた。色鮮やかな豹頭があらわになった瞬間、騎士たちが硬直して動きをとめたのが、まざまざとわかった。

「ああッ！」

「まさか！」

「グイン！　豹頭王グイン！」

「なんで——なんでこんなところに……」

口々にあがる悲鳴のような絶叫が、かれらがみな、グインの存在をも、その力をも、すべていやというほどよく知り尽くしているのだ、ということをはっきりと示していた。

だが、女騎士のあげた叫びが一番大きかった。

「やっぱり！　そのお声とその体格で、余人にはありえぬかと！　陛下、お久しゅうございます！」

「俺を知っているか」

「はい！　お忘れかもしれませぬが、パロではお世話に！　私でございます」

女騎士がいきなり、白い布をむしりとった。

はらりと、長いゆたかな黒髪が背中に流れた。あらわれたのは、長い流浪に日に焼けて浅黒くなった、だがまだ充分にあだっぽく美しい、凛々しい顔だった。

「私でございます。パロ聖騎士伯、リギアでございます！」

「……」

瞬間、グインは返答に窮した。だが、なにごともなかったようにうなづきかけた。

「ひさしいな、リギア。思わぬところで会うものだ。その女フロリーはお前にまかせた。あとは俺にまかせておけ！」

「かしこまりました！　陛下が助太刀下さるとあるからは勇気百倍！　もう、リギアごとき、女風情がいらざる出しゃばりをすることもございませぬ。ごめん！」

リギアは馬をよせて、フロリーの乗せられている馬に近づいた。そのまま、女とは思えぬ膂力でフロリーの気を失ったからだを自分の馬の鞍にひきずりよせた。フロリーはまだぐったりと失神したまま、目をさますようすもない。

「きさま——」

驚愕に、しばらく身動きすることさえ忘れていたかのような、《風の騎士》アストリアスの絶叫が、耳をつんざいた。

「き、き——きさまは！　ああ、きさまは、グイン！　グインだと、畜生！　豹頭の悪魔め、生きていたのか！」

「生きていたはずいぶん御挨拶だな。お前……」

お前も俺を知っているのか、と言いかけて、グインはかろうじて思いとどまった。

アストリアスの叫びが、だが、うまい具合に、グインのことばをさえぎった。

「なんということだ！　またしてもきさまが俺のゆくてをさえぎるのか。あの深讐はなはだしきノスフェラスの昔と同じく、またしてもきさまが、俺のゆくてに立ちはだかるというのか！」

「フロリーは俺の連れだ」

グインは、やはり何も云わなくてよかったらしい——と内心ひそかに思いながら云った。

「勝手なことはさせぬ。この娘は俺にいたって親切にしてくれた。さあ、リギア、連れてゆけ。どうせこやつらはあっという間に片づく。すぐ追ってゆく」

「わかりました。湖水のむこう、この娘の家のあたりを目指していただければ」

「わかった」

グインは剣をかまえた。

アストリアスは、驚愕からなおもさめやらぬようすだった。

「なんということだ。きさまが——ノスフェラスで俺にたちむかい、マルス伯爵の青騎士団をほろぼし、アムネリスさまをむざんにも敗北のうきめにあわせた悪魔のきさまが、なんということかケイロニア王グインとまで化けおおせた、という話は、きいたぞ。いったいどのようなヤーンの運命の不思議が、あのときのあの裸の傭兵をそんなものにまつりあげたのか、不思議の念にたえなかったところだ。俺も——俺も少々さまざまなことがあって、長いあいだ、ひとの世のうきふしとはなれたところにいるのを余儀なくされていたのでな。だが、きさまは変わらぬ——俺がこれほど変わりはてたというのに、きさまはなぜそんなにも変わらぬ。いったいなぜ、ケイロニア王とまでのぼりつめたはずのきさまが、こんなところに、またしても裸一貫の傭兵づらをしてあらわれおった。そしてなぜ、またしても俺の邪魔をする——きさまも、イシュトヴァーン同様、俺の復讐の炎をあびるためにあらわれた悪魔なのか。きさまこそ、俺のゆくてをつねにさえぎるために生を受けたおそるべき魔物なのか」

「魔物かどうかは知らぬ。が、お前のその復讐なり野望とやらが、あのかよわい親切な娘を拷問するようなものであるのなら、それはそのまま見逃しておくわけにはゆかぬ」

グインはかたほうの目で、リギアがフロリーをのせたまま、馬をかって湖水にそって走り出すのを見送りながらいった。数名の騎士たちが必死にそれに追いすがってゆこうとしている。だが、リギアは剣をふるって、かれらの前にどさどさと木の枝を切り払ってふりおとし、馬がひるむところをフロリーをのせたまま、森のなかに駆け込んでゆくところだった。あの分なら、たぶんあのていどの連中にはおくれをとるまい、とグインは決めた。

「何だと——なぜ、きさまはいつもいつもそうやって俺の前に立ちはだかるのだ！　いったい、どのようなヤーンのいたずらが、きさまとこの俺の運命とを、こんなはるかな山深い湖水のほとりで交叉させようとたくらんだのだ！　きさまなど——きさまなど用はない。俺は——俺はイシュトヴァーンをたおすのだ、豹頭王グイン！　邪魔だてするな！」

「イシュトヴァーンを倒すも倒さぬもそれはお前の勝手だ、《風の騎士》。だが、そのために、フロリーとその罪もない幼な子をまきぞえにすることは俺が許さぬ」

「何——だと？」

アストリアスの目があやしく赤く燃えた。

「何故だ。なぜあの女と、イシュトヴァーンの餓鬼をそんなに庇う。あの女はお前の何なのだ？」

「何でもない。ただ、何でもないかかわりもないこの俺をゆきずりに親切に宿らせ、もてなしてくれた気のいい女だというだけのことだ。それだからこそ、その一宿一飯の恩義にこたえなくてはならぬ。お前たちの如き——それこそ、さきほど女騎士がいっていたとおり、平和に暮らしていたものたちを、お前たちの都合で踏みにじらせはせぬ」

「モンゴールの大義、アムネリスさまの復讐の前に、何が平和！」

アストリアスは激して叫んだ。

「きゃつらとてもモンゴールの人民ではないか！　かれらこそ、もっと早くに立ち上がってさえいれば、モンゴールはゴーラの占領下におかれる憂き目など見ずにすんだのだ。しかもあのフロリーはアムネリスさまを裏切り、宿敵イシュトヴァーンと通じたにっくき仇！」

「イシュトヴァーンと通じたのはあの娘の色恋沙汰、政治ともいくさともかかわりはあるまい。それに、少なくともその生まれた子どもには何の罪とがもあろうはずはない」

「何をいう。イシュトヴァーンの血をひくからにはその子も呪われた悪魔の子だ。くそ――」

アストリアスは狂おしい目にあたりを見回した。すでに十騎ばかりはリギアを追って湖水にそって森のなかにかけこんでゆき、あたりに集まってきているのは、四、五十騎というところだ。これだけの人数では、とうてい、豹頭王グインというほどの戦士をおさえることはできぬだろう、と懸念して、「かかれ！」と号令をかけるのをためらっているのだろう、というようすが、手にとるようにグインにはわかった。

（こやつ――問答をひきのばして時間をかせぎ、その間に本隊が到着すれば俺をこの十倍近い人数で取り囲んでうちとれるだろうと――そのような胸算用をしているな……）

（確かにその人数になってしまうと面倒だ。いまのうちにここを切り抜けてしまったほうがよい）

「お前とて――お前とても……」

アストリアスは、何回か口ごもったあげくに、叫ぶようにいった。

「お前とて、ゴーラ王イシュトヴァーンには……よし仇とねらう理由はなくとも、味方するようないかなる理由もないはずだ！　ケイロニアは僭王イシュトヴァーンのゴーラ王国は認めておらなんだ筈、それに、ケイロニアの有名な主義は他国内政不干渉――それを王たるお前が自ら打ち破って……」

「そのようなことは、どうでもよい、どうでもな。いまの俺には」

グインは面倒になった。

というよりも、この上、くだくだとやりとりをかわしていて、本隊がかけつけてくることのほうがはばかられた。

「面倒な男だな。相変わらず――というべきなのか？　文句があるなら、四の五のいわずかかってくるがいい。腕立てならばいつなりと相手になってやる。さあ、俺の相手になる奴はどいつだ」

グインは、剣をかまえた。が、すでに、彼には、相手が戦意を喪っていることが、はっきりと感じられていた。それが、いささかぶきみでもあったが、いっぽうでは、なんとなくわかるようでもあった。

（どうやら――俺の評判というのは、マリウスではないが、本当に全世界に轟いているようなものであるらしい――狂戦士、とでもいうのか……相手にまわせば、そこにいる全員をほふらずにはおかぬ、というようなものなのかどうかは知らぬが、ともかく――俺は、おそれられているらしい）

（ことにこの男はたぶん――俺と以前に戦ったことがあるらしい。そして、そのとき、まるきり歯が立たず――そのことに、かなりの恨みをもってはいるが、そのときに相当な苦境をなめさせられたのか……いま、また俺と戦う気持にはまったくなれずにいるらしい。――本隊がくれば、とひたすらその数を頼みにしているのか。それとも――）

「アストリアス！」

グインは思いきって、さっきようすをうかがっていたときに耳にした名を、思い切り呼んだ。

《風の騎士》がびくっと身をふるわせた。

「どうする。俺と戦うか、戦わぬのか？　どちらにする？　一騎打ちを望むならそれでもよし、お前の部下どもをけしかけてくるというのならそれでもよし――こうしてにらみあって女子供のようにつべこべ喋っているのは時間の無駄だ。どちらかを選べ。戦うか、それとも兵をひくか？」

「く――ッ……」

アストリアスのようすが、目にみえてたじろいだ。

瞬間、かれは、あれやこれやと思いまどうようすだったが、ふいに心を決めた。

「退くぞ」

声をあげて、彼は叫んだ。無表情な銀色の仮面があまりの口惜しさにひきゆがんだようにさえ見えた。

「ここで世界一の戦士を敵にまわすのは時間の無駄だし、そのような――そ、そのような値打ちはあの女と子供にはありはせぬ。……退くぞ。口惜しいが、こやつにかかったらただ一騎といえどもわれらはここで全滅のうきめを見よう。——仕方がない。フロリーとイシュトヴァーンの餓鬼のいのちはきさまにあずけてやる、グイン。どうせ、ああして発見せぬうちは、予想もしておらなかった切り札だったからな」

「逃げるか？　それもよし、だな。アストリアス」

「だ——黙れ」

荒々しく《風の騎士》は呻いた。

「いずれ——いずれかならずこの礼はしてやる。このままですますと思うな——イシュトヴァーンの餓鬼も必ずこちらにいただく。俺の——俺のモンゴール奪還と、そしてイシュトヴァーンへの報復は、イシュトヴァーンの残した血をすべて断ち切らぬうちは終わらぬからな。だがいまはきさまがそれをさまたげたのだ。きさまにならー——背中をみせても卑怯とはいわれまい。あの残虐王イシュトヴァーンでさえ退いた世界一の軍神なのだからな。くそ——いまに見ているがいい。俺の復讐の望みがすべてかなえられたあかつきには、そのときこそ——そのときこそ……」

そのときこそ、どうしようというのか、アストリアスは云わなかった。

「退却！」

おそらくは、部下たちの前でもっとも口にしたくはなかったであろう痛切な一声が、アストリアスの口からもれた。そして、そのまま、彼は馬にぴしりとくやしまぎれのムチをあてた。

「本隊と合流するぞ。続け！」

もう、グインには見向こうともせずに、《風の騎士》は、黒いマントと、その上につけた赤い布きれとをなびかせ、ガウシュの村の中心部を荒々しく走り抜けてゆきはじめた。あわてて、部下たちがそのあとを追う。グインににくにくしげな白い目をむけるものもいたが、全体として、ひどくほっとしたようすはいなめず、誰しもが、このようなところで、突然あらわれた《ケイロニアの豹頭王グイン》と戦うことなど、まったく望んでいなかったようすが明らかだった。

「いずれ、覚えておけよ！　必ず、きさまにもノスフェラスの借りはかえしてやるからな！　この《風の騎士》はうけた恨みは死んでも忘れぬ！」

かなり負け惜しみめいた叫び声を、《風の騎士》がふりむいてこちらにむけてほとばしらせたのは、グインから相当な距離をとったあとだった。グインは答える手間をはぶいた。そのまま、光の騎士団の一隊は、ガウシュの村をぬけてまた赤い街道のほうへ向かってゆくようだった。グインはそれを見極めてから、急いで、奪った馬の首をかるく叩いてやり、馬首を南西にむけた。一刻も早く湖畔をめぐり、フロリーを連れていった女騎士リギアと合流して、スーティとマリウスの無事を確かめたかったのだ。

4

そのまま、グインは馬をかって、湖水に近い、木々のとぎれているあたりを、水のにじみ出ている下生えをふんでまわりこんでいった。馬はかなり疲れ、その上におびえているようだったが、グインの手綱さばきにおとなしくしたがっていた。ほどもなく、だが、グインは、湖水のほとりに馬をとめてたたずんでいる女騎士のすがたを見つけた。馬の背には、相変わらず気を失ったままのフロリーがのせられている。

「陛下！」

リギアのほうから声をかけてきた。

「おそらく、陛下のことゆえ、あのような木っ端武者どもならいくらもたたずに片付けてしまわれるか――きゃつらのほうから、陛下のご威光におそれをなして逃げ散ってしまうだろうと見当がつきましたので、こちらでお待ち申し上げておりました。――いうまでもございませんが、ご無事で」

「きゃつらは、戦う気をなくしたようだ」

グインは、おのれをどうやらかなりよく知っているらしいと思われる女騎士にたいして、いささか慎重な物言いになりながら云った。そうしながら、いまはもう、顔をつつむ布をすっかりとりはらって、美しい顔をあらわにしているあいてを、そっと検分した。年のころなら、三十すこしすぎ、というところかと見える。

(なかなか、きれいだし、あだっぽい女だな——女のひとり旅に、このような姿かたちをしていると、当然のことながらいろいろと面倒が多いであろうのをいとうて、あのように顔を包んで旅していたのか……)

「陛下。——思いもかけぬところで、お目にかかりまして……」

女騎士リギアは、岸辺の草の上に丁重に膝をついて、他国の国王に対する正式の礼をした。

「さいごに陛下にお目もじを得ましたのは、ナリス陛下の——神聖パロ王国初代帝王たるアルド・ナリス陛下の——ご葬儀の席でございましたかと記憶いたしております。……そののち、いろいろございまして——わたくしも、パロを見捨てて流浪の旅に出ました。——パロの民ならぬ陛下が、パロを救うために、あれほどにお力をお貸し下さったというのに、パロの聖騎士侯の娘でもあり、聖騎士伯という身分もいただいていながら、わたくしは卑怯にも、いまだ苦境から完全に立ち直っていたわけではないパロを見捨て、ご身辺の守りもきわめて人材うすくなられていたリンダ女王陛下をも見捨てて強引にひとり旅に出ました。——幾度も、私は……そうやってパロを見捨てては、また帰って参りました……卑怯なリギア、と申すべきか、それとも、もう誰ひとりとしてわたくしなど、あてにしておらぬと悲しい安心をいたすべきだったでしょうか。——もうそのようなささいなことはご記憶にはないかと存じますが、わたくしの父、聖騎士侯ルナンは、あのおり——ナリス陛下が、グイン陛下にみとられてさいごの息を引き取られたその翌日、殉死というかたちでこの世を去りました。——早くに母を失ったわたくしには、ただひとりの身寄りでございました。……そして、その、さいごの懸念の種である老父がこの世を自ら去ったときから、もう私の心はパロにはございませんでした。——リンダ陛下には申し訳ないかぎりと思っております。でも、私にも——あまりにもいろいろな思いがありすぎて……正直申して、わたくしは、リンダ陛下にはどうしても剣を捧げることが出来なかった、ということです。——ナリスさまのお頼みゆえ、リンダ陛下をお守りしてこののちも、と思いもいたしました。それでもどうしても——リンダ陛下にはうらみもつらみもございませんけれども、それでも——おかしなことですが、たぶんわたくしは、女性であるがゆえに、同じ女性であるリンダ女王陛下に剣を捧げることが気が進まなかったのだと思います。——サラミスでナリス陛下のかりそめのご葬儀もすみ、グイン陛下の軍勢がクリスタル奪還のたたかいをすすめておられるあいだ、わたくしはリンダ陛下の護衛として、ずっとサラミスにおりました。——しかし、どう云ったらよろしいのでしょうか——そのあいだに、しだいに私のなかでは……今度こそ、もうパロとの縁は終わったのだ、私にとって、パロとの歴史は……ナリスさまの死とともに終わったのだ、という気持が——強まって参りまして……父の死、ということもあったのかもしれませんし……それでも、リンダ陛下がクリスタルに戻られるまでは、なんとか、と思って護衛役としてお仕えしてまいりましたが……」

「………」

「ついに陛下がクリスタルに戻られることが決定しましたとき、私、思い切って……陛下においとまごいをいたしました。陛下は、たいへんおつらそうではあられましたが、あなたがそういう気持もとてもよくわかるわ、リギア、とおおせ下さって……そして、私を……自由の身にしてくださいました。戻りたければいつでも戻ってくるように、というお優しいおことばを下さって……」

「………」

グインは、またしても、おそろしい注意を払いながらこの話をきいていた。いうまでもなく、《リンダ》という名前は、グインにとっては、いまや、唯一の道標ともいうべきものになっていた。その《リンダ》——『パロの真珠』にして『パロの女王リンダ』についても、マリウスからきいておおよそはわかっていたものの、それでも、それはまだ、グインにとっては伝説の域を出ていなかったのだ。それに、彼にはまだ、まったく、このあらたに現れた存在が、どのように自分自身の喪われた記憶のなかに存在していたのか、見当がついていなかった。敵なのか、味方であるのか、どのていどの知り合いであったのか、さえもだ。それについての手がかりを示すものは、リギアのその後の身の上話のなかにはまったくなかった。

「陛下に申し上げるのは、お恥ずかしい話でございますけれども……私が――私が、その――アルゴスのもと王太子であられたスカール殿下に……そのう、スカール殿下と……言い交わした仲であった、ということはもうおそらく、マリウス殿下なり……ヴァレリウスなりからお聞き及びではないかと思います。べつだん隠し立てするようなことではございませんし――誰に知られたところで恥どころか、いまの私にとっては、唯一私を支えてくれているものでございますから……」

「……………」

これは、さらに、グインにとっては衝撃的であった。スカールのほうは、現実に、ほんのしばらく前にあれほどの苦難をともにし、そして、そのスカールをあとに残して、こうして長い、パロと――そして《リンダ》への旅に出たばかりであったからである。

（この女騎士が……スカールどのと……言い交わした仲だと。だが……スカールどのはあのとき……あれほど熱烈に亡き妻を慕うことばを云っておられたものだが……）

グインは、うかつなことを口にせぬよう、歯を食いしばった。リギアは何も気付かずに続けた。

「むろん、いまは亡き――イシュトヴァーンにむざんにも殺されたときく最愛の妻リー・ファさまにとってかわろうなど、思いもいたしませぬ。ただ、わたくしは、弱りはててクリスタルにこられたスカールさまを、少しでもお慰めできる女になれたらと存じて、スカールさまとそうなりました。……その後も、いくたびもスカールさまのあとを追って出奔いたしましたが――いつも、むしろスカールさまのほうから、わたくしが、ナリスさまにお仕えすることに持っていた未練を見抜かれて――その未練のあるあいだは、ナリスさまのもとに戻るがよいと……わたくしから、お供するのをお断り申し上げたこともございます。でも――」

リギアはちょっと、苦笑とも、泣き笑いともつかぬ複雑な表情をした。

「いまになって――では、お約束のとおり、ナリスさまが亡くなったゆえ、スカールさまのおそばにおいて下さい、と押し掛けるのもあまりといえばあまりかと――それにつねに、風のように身軽なスカールさまでいられますから、いまごろはどのあたりの空の下を漂泊されるとも……御連絡を下さるわけでもございませんし――でも、しだいに、ナリスさまが亡くなられたあと、もうわたくしの居場所はパロ宮廷にはない、という思いは強くなるばかりで……そして、クリスタルが平定され、いよいよクリスタル・パレスに戻るというときになって、わたくしは、これまでずっとナリスさまにお仕えして、女ながら聖騎士伯として過ごしてきたこの人生をすべて捨てようと思いました――というよりも、ナリスさまの乳きょうだいであったことがすべてのはじまりであった、そしてすべてであったこのリギアの人生をきっぱりと終わらせ、ただの――ひとりの名もない地位もない風来坊の女として、一生スカールさまのおあとを追いかけてゆきたいと望みました。……そして、リンダさまにもお許しをいただいて、クリスタルにはゆかず、サラミスを去ったのです」

「……」

「でも――いまだに、スカールさまとはめぐりあえておりません」

静かにリギアはいった。

「一生かけても、めぐりあえないかもしれません。でも――わたくし、いまとても――充実しております。これまでのあまりにも多情多恨の生涯でいちばん。――喪った、本当の私自身の人生の時間を、いまこうしてやっと取り戻しているような心持です。……はからずもこのようなところで、グイン陛下にお目にかかれるとは……望外の驚きであり、喜びでございますけれど――こうして、きのうはマリウス殿下にもお目にかかることができ、こんどはグイン陛下に――お近くにおいでの筈だ、ということは、マリウスさまからきいておりましたけれど……こうしてお目にかかれたのですから、きっと、スカールさまとも、必ずまためぐりあえると思います。ええ、それは……それだけを私は信じています。それまで、中原を――草原を、そして辺境をでも、私は旅しつづけるつもりです。私の一生の目的であるスカールさまを探し続けて。もし万一お目にかかれたら、もうおそばは離れません。――私にとっては、いまでは――スカールさまのおそばにいること、だけが生きる望みなのです」

「……」

(ならば――少し、急いだほうがいいかもしれぬぞ――)

のどもとまでせりあがってきたことばを、グインはかろうじてかみ殺した。

(あるいは……スカール太子には、もうあまり――あまり時間は残されておらぬかもしれぬからな。いや――だが……)

(イェライシャがついたからには……あるいは、また健康を取り戻すこともあるかもしれぬが……それは、俺にはわからぬ……)

(そうか。この女が……スカールどのの――なるほど……似合い、かもしれぬ)

「どう――なさいました？　黙り込んでしまわれました……」

やや心配そうに、リギアがいう。

「いや」

グインはやっと、慎重にことばを選びながらいった。

「そなたと、スカールどの。――似合いだな、と思ったまでだ」

「そう……おおせいただくと――え」

不思議そうに、リギアが、グインをみた。グインは瞬間ぎくりとした。

「陛下は……スカール殿下を……ご存知でいらっしゃいましたか？」

「……」

グインは、ちょっと考えた。

それから、心を決めた。

「リギアどの。――ここで出会ったのは、運命の神ヤーンの導き以上のものであったかもしれぬ。――俺は、つい数日前――いやもう、十日も前になったか。スカールどのとともに生死の境をさまよい、そして、スカールどのと別れてパロに――リンダどののもとにおもむこうと、パロをめざすためにスカールどのと異なる道をとったばかりだったのだ」

「な――」

リギアの周章狼狽ぶりは、見るもいたましいほどであった。

「何とおおせられましたか？　ス――スカールさまと……ともに――たった十日前に……そしてスカールさまと別れてパロへ――リンダさまとお会いになるために……？」

「ああ」

「で、で――では、スカールさまは、この――この近くに？　ああ、なんという……なんという！」

リギアはいきなり、激しく両手をにぎりしめて天にむかってあわせた。

「ヤーンよ、感謝いたします！　こんなにも早く、わたくしを――スカールさまの息吹が近い場所にお導き下さったことに、心から――すべての思いをこめて、感謝を！　して――して、いったい、スカールさまとは、どこで別れられたのです？　どのあたりで？」

「こなたがどこでどのような旅をしていたのかわからぬので、知っているかどうかわからぬが……」

グインはなおもことばを選びながら、

「先日来ユラ山系で大きな山火事があった噂は国境地帯の町々では流れておらぬか。――いくつもの山が全滅するほどに巨大な山火事があり、それから大雨があって鎮火された。それについては知っているか」

「ああ――数日前に立ち寄った宿では、きいたような気がいたします。それほど詳しいことではございませんでしたが……ともあれ、山火事があった、ということは……だから、ユラ山系の北部にゆく道は封鎖されているようだ、というようなことは聞きました。そ、それが？」

「我々はその山火事で、あわや焼死するところだった。スカールどのと俺、そしてスカールどのの部の民はな」

グインは云った。

「俺はまあ——これもあまりにいろいろ不可思議ななりゆきがあって、このようなところで立ち話というわけにもゆくまいから、これはのちほどゆるりと、ということにするが、まあ、イシュトヴァーンの軍勢にとらわれていたのだ。それをまあ——ある意味、救出するというか、俺の逃亡する手助けをしてくれたのが、偶然にも、スカールどのとその部の民だったのだ。——そして、イシュトヴァーンは俺たちを追ってきた。ルードの森をこえて、はるかユラ山系のはずれまでもな。それで、俺たちはユラ山系の中に逃げた。そこで、山火事に巻き込まれた。——いくたびかは、もうここで焼死する運命だと覚悟も決めたし、俺を救ってくれたことと、イシュトヴァーンの軍と戦ったこと、そしてその山火事のおかげで、スカールどのの健康も、またスカールどのの部の民もいたく痛手をうけてしまったのだがな。それでも、さいごには、なんとかして我々はその山火事の惨禍をも切り抜け、かろうじて生きのびるを得た。……そして、俺はスカールどのとそのときたもとをわかったのだ。スカールどのはかなり弱っていられたので、心配ではあったが、俺の信用できる魔道師が、引き受けてくれるという約束をしてくれたので、俺などがどうこういうよりも、そのほうがいいだろうと思った。が——」

「何処に——ああ、でも……」

リギアは懸命にはやる気持をおさえた。

「いまそれをうかがってしまうのは、よくありますまい。――その前に、マリウス殿下を見つけただけでも、私にとってはたいそうな驚愕でした。これはまったくの偶然だったのです。何の気もなく赤い街道を、それこそユラ山系のほうへさかのぼろうとやってきて――わたくし、歌声をきいたのです。まさか、と思いました。でも間違いなくそれはアル・ディ――いや、マリウスさまの歌声でした。あのかたの歌声はなかなかに聞き間違うものではございませんよね。それで、まああのかたも、きくところによれば、クリスタル・パレスの解放のために身を挺してくださり、それゆえ行方不明になられたグイン陛下を探して、ケイロニアの捜索軍に加わってクリスタルを出られた、ということでしたし、あるいは本当にこの街道筋で吟遊詩人の気儘な旅をしておられる可能性もあると思い――その歌声の主をさがしたのです。風にのって、街道わきのどこか森かげからでもきこえてきたようでした。その声をたずねあてたとき、それが間違いなくマリウスさまだったことを知って私は仰天しました。マリウスさまは、そのときいっしょにいたあの――この娘さんの子供さんをあやすために、歌を歌っていたのです。――この娘さんも一緒にいました。その歌声をききつけて、やってきたのは私だけではありませんでした。あの光の騎士団とか名乗る傭兵のごろつきどもも、その歌でかれらのありかをたずねあてて、先に、連れ去ろうとしていたのです。私は驚いてかれらを追い払い、さからうものを二人ほど斬り殺しました。そしてとにかくマリウスさまと、その親子を連れてどこかに身をひそめようとしたのです。きくところでは、なんでもかなり乱暴な山賊のような一団であるようだし、おまけに湖水のむこうの村をなにやら掠奪したようだし──そいつらがもしこの親子に用があって探しまわっているようなら、いってしまったと自信がもてるまで隠れているほかはないと思って、親子の家にもどり、身辺の必要品や、どうしてもそれを持ち出さないといけないとこの娘が言い張ったものを持ち出して、家からもはなれました。家にいたら、ひょっと炊ぎの煙やひとの気配に目をつけられて探索されないものでもないし、知らないあいだに包囲されていたら、私ひとりではどうしようもないと思って。──でも子連れですから、野宿はとても大変で、一晩はなんとかしたものの、もう一晩はとても無理だ、どうしようと困惑していたところへ──湖水のむこうに火の手があがり、それをみるなり娘が、あれは自分をおびき出すために、ガウシュの村とやらに、あの兵士たちが火をかけたに違いないと言い出したのです。私もマリウスさまも懸命にとめたのですが、見かけによらず強情な娘で、ずっと世話になっているのに、自分のせいで村を焼かせるわけにはゆかないと言い張って、様子をみにゆくと小舟で──私は心配になり、マリウスさまにあの子供をあずけて、もうしかたないので小屋に戻らせておいて、私は馬で娘のあとを追ってきたのです。そうしたらもう、湖水のほとりにはあの兵士たちがたくさんいたので、馬をはなれたところにつなぎ、様子をみておりました。まさかそこにあなたさまもひそんでおいでになろうなどとは皆目知らず……」

「俺はマリウスともどもフロリーの小屋に数日世話になっていたのだ」

グインは重々しく云った。

「フロリーがガウシュの村にものを売りに行って、食品を買ってくるというので、俺がなんと子守りをしていたのだぞ。だが、そのさきで、あの一団があらわれたらしい。きゃつらはどうやら、モンゴールの旧騎士団の残党たちで——」

「そのようでございましたね。しかも、あの娘とも旧知のようで——まさか、あの子供が、イシュトヴァーンのおとしだねだったとは、私もものかげで聞いていて、たいそうびっくりして声をたててしまうところでした。云われてみれば、誰かを思い出すとは思っていたのですが——あの黒髪、黒い目、妙に年よりもやんちゃな態度といい……本当に、云われてみればあの子はイシュトヴァーンそっくりです。なんということでしょうか——なんと、あまりにも不思議なめぐりあわせなんでしょうか。これもまた——ヤーンの神の何かあらたな模様のはじまりだとでも申すのでしょうか……？」

「たぶんな」

それについては、グインは、あいまいにそう答えただけだった。

リギアはくちびるをかんだ。

「スカールさまのことを……うかがって、しかもどうやら御加減がまたよろしくなさそうな御様子ときいて、いますぐにでも――これからすぐにでも、スカールさまのもとに飛んでゆきたい――でもまた、スカールさまはユラ山系の深い山中に、行方知れずになってしまわれたのでしょうか？」

「今度は、行方を捜すてだてはあると思う。その、俺の信じている魔道師とは、たぶん連絡がつけられるはずだ。それに、あのからだでは、そうそう遠くへは行けなかったはずだ――といって、俺もまた、このあたりの地理には詳しくないので、マリウスにもいろいろきいて――いったい自分がどこへどう歩いてきたのか、けっこう旅してきたので、その分を考えて、あれはどのあたりだったのかを教えて貰わぬとどうにもならぬだろうがな。だがまあ――中原のさきとさきほど離れておらぬのは確かだ。ひとの足で半月とはたたぬようなところへ――いや、それとも、あの魔道師め、俺をかなり遠くへ魔道で飛ばしてしまったのかな。もう、魔道はほとほとこりごり、という気分ではあるのだが……」

「私にはわかりません」

リギアは首をふった。

「そんなお近くにスカールさまがいらして――もうずっとこのところ、あてもなくスカールさまを探し続ける旅を幾度か繰り返して、本当にあのかたにめぐりあうときがあるのかどうかさえ、本当はわからなくなっていたのかもしれません。——いよいよ、本当に近くにいられる、ときくと、それだけでなんだか、からだじゅうの血が抜け出して、気力も萎えはてて、どうしていいかわからなくなってしまうような気さえいたします。ああでも——でも、とにかく、いまはまだそんなことを云っている場合ではございませんでしたね。あの子と——それにマリウスさまを小屋においてきたままでした。万一にも、あの傭兵のごろつきどもが、あの小屋を先に見つけるようなことがあったら大変です。あの小屋に戻って、可愛想な頼りすくない母親と、そのかよわい母だけが頼りの可愛想な坊やを安心させてやらなくては。——それにしても、ずいぶんか弱い女性なんですのね。というより、自分があまりにか弱くなさすぎるのかもしれませんけれど、普通の女の子というものは、こんなふうに失神したりするものだったんでしょうか。もう長いこと、そんなのが普通の女の子というものだなんてことは忘れはてておりました。なさけない——旅ですっかり図太くなってしまって」

「いや、彼女はか弱いが、だが芯はとてもしっかりしているようだぞ」

グインはつぶやいた。

「なかなかに、ただか弱いだけではミロクの信仰をつらぬくことも、また、このように行動することも出来なかったはずだ。かよわいマリニアだからこそ、強い風にも、吹き倒されてもまた起き直る、とでもいうのか、なかなかに、この娘はそれなりに見所がある」

「そ……」

リギアが何か言いかけたとき。

フロリーの口からかすかな呻きがもれ、そして、その目がぱちりとあいた。

「あ……」

その口から驚愕の声がもれると同時に、彼女は、自分が馬の鞍にくくりつけられていることに気付いた。

「ああ！　こ、これは……あッ、グインさま——あ——騎士様……」

「心配はいらぬ」

グインは苦笑して、大きくうなづきかけた。

「とりあえず、お前はもう安全だ。それよりスーティとマリウスが心配だ。急いで小屋に戻った方がいい。きゃつらがあの小屋を見つけたら、いよいよ、望むと望まざるとにかかわらず、あの二人を取り戻すために光団全員を相手にせねばならなくなる。しかもどうやらあの親玉は、マリウスにも深い恨みを抱いているようだからな。なかなかに難儀なことだ」

あとがき

栗本薫です。というわけで、「グイン・サーガ」第百五巻「風の騎士」の巻をお届けします。

この百五巻の発売が二〇〇五年十二月十日、この巻が二〇〇五年のラストということになるわけですね。二〇〇五年は「グイン・サーガ」にとってはたいへん大きな意味あいのある一年でありました。何をいうにも、ついに四月に「グイン・サーガ」は前人未踏の「百巻達成」をなしとげましたし、それにともなって「百の大典」も九段会館でおこなわれました。そして、百一、百二、百三巻という久々?の「月刊グイン」もやりましたし、いろいろとインタビューもこみあいました。また、イタリア語版、ドイツ語版と、英語版に続いてやつぎばやに各国語に翻訳されて、「グイン・サーガ」が世界にむけて出ていったのもこの年です。この年ったたっていまはまだそのなか、まっただなかにいるわけですが、あとでふりかえってみたときには、「二〇〇五年」というのは「グイン・サーガ」にとってのひとつのランドマーク、転回点、道標、メモリアル・イヤーとなるんでしょうねえ。いまはまだ、ふりかえるには早すぎる、かもしれませんが。

そのほかにもまだ終わってない二〇〇五年は実に実に波瀾万丈の一年でありまして、二十年つとめたマネージャーが退職し（これは厳密にいうと二〇〇四年末ですが）十年間いた神楽坂を引き払って、九月一日をもって田町に引っ越しすることになり、五月三十一日をもってこれもあしかけ十年続いたニフティ・サーブのパソコン通信のパティオ「天狼パティオ」はパティオサービスの終了にともなって閉鎖されることとなり——また、十月には、四十年間うちの実家に住み込んでいて、この十年、父が死去してからはずっと母と弟の面倒をみて、弟の死後は母と二人暮らしでまあ母にとっては家族同然であったお手伝いさんが亡くなり、訃報関係でいうと、卒論の教授であった平岡篤頼先生が亡くなられ、ともに中国旅行の使節団として国慶節に招かれた二子山親方、杉浦日向子さんがあいついで亡くなり、二十五年以上通いつめていた六本木の中華料理店（まだ通ってますが）「楼外楼」の社長、孫長春さんが亡くなり、そしてこの十一月になってよもやと予想もしていなかった、私とほぼ同期の講談社の重役が亡くなりました。ほかにも昔馴染みの集英社の編集者さんが亡くなり、何人もの馴染み深い編集者さんは定年退職されるなど、なんだかすごく身辺に激動の多い一年だった気がします。これほど喪服をたくさん着た一年はこれまでになかったな、とも思いますし——そのあいだに「引っ越し」という大事業があり——天狼プロダクションの大リストラクションという大事業もあって、いやあ、本当に大変な一年だった。いや、まだ終わってはいないのですが、私のなかではもう、なんかほとほと「終わった」って気分なのでついついそういうことばが口をついて出てしまいます。おおそう、いいほうの変化もありました。息子がめでたく大学院の入学試験に合格しました（学費がたいそういるのであまりめでたいだけとも云っていられないが（爆）まあそれに何をいうにも「グイン百巻」ですね。なんとなく、今年は、ずっと続いていた長いトンネルをついに出て、一気に見通しがひらけ、そうしたら高い山々と素晴らしい景観と同時に深い谷底があった、みたいな激動の年だったなあ。でも、私はまあ、何もない淡々とした一年よりは、こういう激動につぐ激動の年のほうがはるかに手応えがあって好きです。

それにとにかくずっとこの十年にわたってあれこれあれこれもめつづけてきた天狼プロダクションの大掃除、というか建て直しが本格的に進行しはじめて、たぶん来年なかばになればずいぶんともうすっきりとするだろう、という状態になってきたので、これは何よりも精神衛生にいいことでしたねえ。まだいろいろと、ことに引っ越しの余波があってきびしい情勢は来年なかばまでは続きそうですが、そのあとには、たぶん雲の切れ目がみえて青空の見えてくるときもあるようになれそうです。そう思うと、いまはかなり大変でも、ああ、こうしてよかったなあ、としみじみ思います。あのまま放置していたらどうなっていたことか。変な話ですが十月になってついに長年ごまかしてきた歯痛に耐えきれなくなり、歯医者さんにいったら、怒られてあっさり親知らずと右奥の二本を抜かれてしまい、来週にはこんどは左の親知らずを抜かれることになっちゃいましたが、それまでも含めて「長年の宿痾」から脱したぞ、っていう気分だったですねえ。考えてみるとこのしばらくは「今治水」と市販の鎮痛剤でごまかしつつ、いっつも爆弾かかえた状態でどこかしくしくしていたので、それがなくなったってのが、なんかすごい、いまの身の上と共通していて、ああ、よかったなあ、もっと早くそうすればよかったなあと——でもきっと、早くそうしたら、わからないままだったんですね、そうしたほうがいいかどうかってことは。ともあれ、そういうわけでなんか、今年は本当にすごい一年でした。ってだからまだ終わってないんだってばー（爆）（爆）

年末というか十一月あたまには、「長唄の作詞作曲」で舞踊部門のエントリー作品に、もうひとつは自分のライブで音楽部門に、という二本、文化庁芸術祭に参加しましたが、こちらもちょうど六十回記念ということでかなり大がかりで、まあ、参加することに意義があるってもんですけど、この私がねえ、ピアノひいてバンド持ってそれで芸術祭に音楽部門でプレイヤーとしてエントリーした、っていうだけで、自分にとってはこれまた、あしかけ五十年間のピアノ人生にひとつの決着がついたぞ、答えが出たぞ、っていう気分もあって、これも小さいながらほかのものと並んで「今年のトピック」に数えたい気分です。失ったものもたくさんあったけれど、得るものも多かった、という年でしたねえ、私にとっては。皆様にとっての二〇〇五年はいかがだったのでしょうか。パキスタン大地震だの、台風の被害だの、ニューオリンズの大ハリケーンだの、実に世界のほうも激動の年だったたっていう印象、ことに自然現象が大暴れしたっていう印象が、私にはあるんですけれどもねえ。でもそれをいうとなんだか、毎年必ずあちこちで大地震だの、大津波だのがおこっていて、世界はどうなってしまうんだろうか、っていう思いもまた、いちだんと強くはあるんだけれども。

ともあれそのなかで、「グイン・サーガ」は無事に百巻を突破してなおかつとどまるところを知らずに突き進んでゆきつつあります。前回登場した「スーティ」君は私にとってはなかなか「後半を担う」タマになってきそうな予感があるんですけどねえ、ドリアンと並んでねえ、でもそんなことといったら、この二人がそれぞれに趣違う美少年となって本篇をしょってたつようになるにはどう考えてもあと最低十五年、できれば十六、七年は必要なわけで、うううっいまのペースでそれ書いていったらいったいどうなるんだ？　それでは二百巻どころか、四百巻五百巻になってしまうじゃありませんか。やっぱりこれは「グイン後伝」の主人公たちなんでしょうか。でも困ったことに私はとてもスーティ少年が好きになってしまいました。ナリスさまなきあとのむなしい心に二歳児があかりをともしてくれたと思うとちょっと複雑なものがあるんですけどねーっ
（＾＾；）（＾＾；）

というようなことをいいつつ今年も暮れてゆくんですねえ。秋には、百五までですうかうか「ストック」を切らしてしまって、そのせいですっごいしんどくなっちゃったので、もうこういうことにならないように気を付けなくては。根性をいれかえて、年内にせめて二冊くらい書きだめが出来たらいいんだけどな、と思っております。丹野君にもすまないしねえ。

にしてもドイツ語版の表紙がすごいです（＾＾；）あうあうあう、うううむこれは誰だ（＾＾；）やっぱり――？なのかなあ？　ま、いいや機会があったらごらんになって下さい。なんか意表つかれたなあ。ってことで、今回の読者プレゼントは……

永尾尚子様、森本芳史様、セイファート様。

の三名さまです。読者プレゼントもずいぶん長くなりましたねえ。

クリスマスはいかがお過ごしのご予定ですか。まだ十二月が何も決まってないんだけど、どうせなんかしたくなるのかなあ。たまには静かな年末年始、とかっても思ってはいるんだけれども、新しい事務所がきれいだから、そこでなんかしたい気分もやまやまだったりするしねえ。ひょー、このままゆくと二十四、二十五日がワークショップになっちゃうので、それだとカンコドリがないちゃいますかねえ。なんぼなんでも。

ということで、ではまた二月におあいしましょう。激動の二〇〇五年から、栗本薫でお届けしました。

神楽坂倶楽部 URL
http://homepage2.nifty.com/kaguraclub/

天狼星通信オンライン URL
http://homepage3.nifty.com/tenro

「天狼叢書」「浪漫之友」などの同人誌通販のお知らせを含む天狼プロダクションの最新情報は「天狼星通信オンライン」でご案内しています。

情報を郵送でご希望のかたは、返送先を記入し 80 円切手を貼った返信用封筒を同封してお問い合せください。

（受付締切などはございません）。

〒 108-0014　東京都港区芝 4-4-10　ハタノビル B1F
（株）天狼プロダクション「情報案内」係

コミック文庫

樹魔・伝説
水樹和佳子
南極で発見された巨大な植物反応の正体は？人間の絶望と希望を描いたSFコミック5篇

月虹—セレス還元—
水樹和佳子
青年が盲目の少女に囁いた言葉の意味は？変革と滅亡の予兆に満ちた、死と再生の物語

エリオットひとりあそび
水樹和佳子
戦争で父を失った少年エリオットの成長を、みずみずしいタッチで描く、名作コミック。

天界の城
佐藤史生
幻の傑作「阿呆船」をはじめとする異世界SF集大成。異形の幻想に彩られた5篇を収録

マンスリー・プラネット
横山えいじ
マンスリー・プラネット社の美人OLマリ子さんの正体は？　話題の空想科学マンガ登場

コミック文庫

千の王国百の城
清原なつの

「真珠とり」や、短篇集初収録作品「お買い物」など、哲学的ファンタジー全9篇を収録

アレックス・タイムトラベル
清原なつの

青年アレックスの時間旅行「未来より愛をこめて」など、SFファンタジー9篇を収録。

春の微熱
清原なつの

少女の、性への憧れや不安を、ロマンチックかつ残酷に描いた表題作を含む10篇を収録。

私の保健室へおいで……
清原なつの

学園の保健室には、今日も悩める青少年が訪れるのですが……表題作を含む8篇を収録。

ワンダフルライフ
清原なつの

旦那さまは宇宙超人だったのです！　ある意味、理想の家庭を描いたSFホームコメディ

コミック文庫

アンダー
森脇真末味

ある事件をきっかけに少女は世界の奇妙さに気づく。ハイスピードで展開される未来SF

天使の顔写真
森脇真末味

作品集初収録の表題作を始め、新井素子原作の「週に一度のお食事を」等、SF短篇9篇

グリフィン
森脇真末味

血と狂気と愛に、ちょっぴりユーモアをブレンドした、極上のミステリ・サスペンス6篇

SF大将
とり・みき

古今の名作SFを解体し脱構築したコミック39連発。単行本版に徹底修整加筆した決定版

キネコミカ
とり・みき

古今の名作映画のパロディコミック34本を、全2色刷りでおくるペーパーシアター開幕！

コミック文庫

夢の果て1〜3
北原文野
遠未来の地球を舞台に、迫害される超能力者たちの悲劇を描いたSFコミックの傑作長篇

花図鑑1・2
清原なつの
性にまつわる抑圧や禁忌に悩む女性の心をさまざまな角度から描いたオムニバス作品集。

東京物語1〜3
ふくやまけいこ
出版社新入社員・平介と、謎の青年・草二郎がくりひろげる、ハラハラほのぼの探偵物語

サイゴーさんの幸せ
ふくやまけいこ
上野の山の銅像サイゴーさんが、ある日突然人間になって巻き起こすハートフルコメディ

オリンポスのポロン1・2
吾妻ひでお
一人前の女神めざして一所懸命修行中の少女女神ポロンだが。ドタバタ神話ファンタジー

著者略歴　早稲田大学文学部卒
作家　著書『さらしなにっき』
『あなたとワルツを踊りたい』
『ヤーンの朝』『湖畔のマリニア』（以上早川書房刊）他多数

HM = Hayakawa Mystery
SF = Science Fiction
JA = Japanese Author
NV = Novel
NF = Nonfiction
FT = Fantasy

グイン・サーガ⑮
風《かぜ》の騎士《きし》

〈JA826〉

二〇〇五年十二月十日　印刷
二〇〇五年十二月十五日　発行
（定価はカバーに表示してあります）

著者　栗《くり》本《もと》　薫《かおる》
発行者　早川　浩
印刷者　大柴正明
発行所　株式会社　早川書房
郵便番号　一〇一 - 〇〇四六
東京都千代田区神田多町二ノ二
電話　〇三-三二五二-三一一一（大代表）
振替　〇〇一六〇-三-四七七九九
http://www.hayakawa-online.co.jp
乱丁・落丁本は小社制作部宛お送り下さい。
送料小社負担にてお取りかえいたします。

印刷・株式会社亨有堂印刷所　製本・大口製本印刷株式会社

ISBN4-15-030826-8 C0193